Eusebio Martínez de Velazco

Noche de venganzas

Barcelona **2024**
Linkgua-ediciones.com

Créditos

Título original: Noche de venganzas.

© 2024, Red ediciones S.L.

e-mail: info@linkgua.com

Diseño de cubierta: Michel Mallard.

ISBN rústica: 978-84-9816-162-5.
ISBN ebook: 978-84-9897-684-7.

Sumario

Créditos _____ 4

Brevísima presentación _____ 9
   La vida _____ 9

I _____ 11

II _____ 12

III _____ 13

IV _____ 14

V _____ 16

VI _____ 19

VII _____ 20

VIII _____ 21

IX _____ 23

X _____ 25

XI _____ 27

XII _____ 29

XIII _____ 29

XIV _____ 30

XV _____ 31

XVI _____ 31

XVII_____ 34

XVIII _____ 35

XIX _____ 36

XX _____ 36

XXI _____ 37

XXII_____ 38

XXIII _____ 40

XXIV _____ 41

XXV_____ 42

XXVI _____ 43

XXVII _____ 45

XXVIII_____ 46

XXIX _____ 47

XXX_____ 48

XXXI _____ 49

XXXII _____ **50**

XXXIII_____ **51**

XXXIV_____ **52**

XXXV _____ **53**

XXXVI_____ **55**

XXXVII _____ **56**

XXXVIII _____ **57**

XXXIX_____ **58**

XL _____ **58**

XLI_____ **61**

XLII _____ **61**

   Conclusión_____63

Libros a la carta_____ **67**

Brevísima presentación

La vida

Eusebio Martínez de Velazco vivió en el siglo XIX. Cultivó la Novela Histórica Española, describiendo en *Noche de venganzas* los episodios de la guerra de las comunidades de Castilla. La edición príncipe de esta novela la realizó la Imprenta de la Galería Literaria, Madrid, 1874.

Noche de venganzas es una crónica de la gran rebelión de los «Comuneros», en la Corona de Castilla entre los años 1520 y 1522, durante el reinado de Carlos I.

Martínez escribió diversas crónicas en diarios de la época, mantuvo una vocación por el relato histórico, por la prosa afín a la realidad.

I

Sin disputa la ciudad de Burgos es una de las poblaciones más bellas de nuestra España.

Escrita en su recinto con páginas de piedra la historia de la patria, observa el viajero inapreciables reliquias de la civilización romana en las alturas de San Miguel y de San Quirce; comprende los encantos de las construcciones árabes en los bellos arcos de San Martín y San Esteban; se detiene extasiado ante la vaguedad sombría y mágicos adornos de su maravillosa Basílica; recuerda la severidad clásica de Ventura Rodríguez a la vista de sus grandiosas creaciones, y discurre, en fin, sobre el egoísmo y volubilidad que caracteriza a nuestro siglo al tender los pasos por las alineadas calles y deliciosos paseos con que la ha enriquecido la generación presente.

El que contemplase la orgullosa Caput Castellæ, desde la cumbre del vecino cerro que a su espalda se levanta, cuyas anchas colinas la ciñen desde Norte a Oriente, gozaría de uno de los panoramas más bellos que hubiera podido imaginarse.

Por enmedio de una vega pintoresca, y parecido a una cinta de plata que se extiende sobre el verde follaje, camina el Arlanzón histórico que baja despeñándose desde la inmediata sierra de Oca, formando vistosísimas cascadas y diáfanas corrientes; a cada lado de sus riberas se levantan magníficos edificios, de esbeltas formas y risueños colores los modernos, de severos pilares o caprichosos detalles los antiguos, como las lindas manzanas de casas que se extienden desde las murallas de los Cubos hasta el memorable Puente de las Viudas, como el arco triunfal de Santa María o la aérea espadaña del convento de San Pablo. Dominándolo todo a semejanza de los altos cedros que sacuden su espesa cabellora por encima de los árboles cercanos, divísanse las afiligranadas torres de la gran Basílica, obra de ángeles, como lo llamaba Felipe II; joya de inestimable valía que debiera estar cubierta de riquísimos encajes, según la poética expresión de Carlos I; memoria imperecedera de la religiosidad e ilustración de los ultrajados tiempos de la Edad Media, sacrílegamente escarnecidos por aquellos que no saben comprenderlos.

Más allá del extenso círculo en que se encierra la noble corte de los Jueces y Condes de Castilla, descúbrense las indefinibles torres del Hospital del Rey y de la célebre abadía de las Huelgas, coronadas de morunos adornos

11

y ceñidas de gótica crestería; la renombrada Cartuja de Miradores, sepulcro de Don Juan II, el rey poeta, mandada construir por la incomparable Isabel la Católica; el insigne convento de San Pedro de Cardeña, solariega mansión del victorioso conde de Castilla Fernán González y tumba gloriosa del Cid, y en fin, el suntuoso monasterio de Frendesval, saqueado en 1808, devastado y profanado en 1835, casi reducido a escombros en 1840, y hoy convertido en fábrica de cerveza y bebidas gaseosas, con mengua de la decantada civilización de nuestros días.

Tal es Burgos, la soberbia *Caput Castellæ*, museo predilecto de las bellezas artísticas que nos legaron los pasados siglos, «donde el gusto y la elegancia de aquella mal comprendida época —como dice el sabio arqueólogo M. Bosarte—, han sacudido sus alas cubiertas de aljófar y pedrería, para dejar inundado de tesoros el suelo querido de los Fernandos e Isabeles».

II

Pero nosotros, los poetas y novelistas, que caminamos todos los días en busca de esos hechos misteriosos ocurridos en la esfera de la familia, que se escapan casi siempre a la penetrante mirada de la historia, como si esta se negase a conmemorarlos en su álbum eterno, cuando tuvimos el gusto de examinar por vez primera las bellezas de la hermosa capital de Castilla, nos detuvimos varias veces delante de una portada de sencilla apariencia, que se levanta sola, ruinosa y ennegrecida, no muy lejos de la antigua muralla que el vulgo denomina de San Lesmes.

Aquellas tristes ruinas pareciéronnos mudos testigos de uno de esos terribles dramas que se representan a veces en el sangrado recinto del hogar doméstico.

No nos engañamos.

En aquella portada, que aparecía a nuestros ojos medio escondida entre el lozano follaje del paseo de los Vadillos, ennegrecida y cubierta de musgo, pero que se mantiene en pie todavía a pesar de la carcoma de tres siglos, ha vinculado el pueblo de Castilla la tradición sangrienta que tenemos el gusto de ofrecer a nuestros apreciables lectores.

III

Allí se alzaba en otros días un gigantesco edificio, construido hacia fines del siglo XIV, de anchos pilares y severas formas, cuyas fachadas principal y posterior estaban sembradas de estrechas saeteras y largos ajimeces.

En cada uno de los ángulos de este palacio, como se decía entonces, sobresalía una pequeña torrecilla cuadrada, que podía servir a lo sumo para señalar la calificada nobleza del dueño si no la publicasen ya los macizos y toscos escudos que bordaban el centro de todas las paredes.

Desde 1393, en que la reina doña Catalina y el infante don Fernando de Antequera, tutores del señor rey don Enrique III, concedieron a don Sancho de Ossorio el título de conde y el palacio de Fuensierra, en premio de la lealtad y bravura que distinguían a aquel noble caballero, siete esclarecidos varones habían habitado sucesivamente en el solariego alcázar.

A mediados del año de gracia 1521, ocupábanle don Rodrigo de Ossorio, octavo conde de Fuensierra, y su bella hija Elena.

Era don Rodrigo un hombre de sesenta años, de ancha frente, de sonrisa benévola y mirada altiva, donde se trasparentaba todavía el brío de los años juveniles mezclado con el orgullo de raza.

Parecíase a uno de esos seres que suelen imaginar los novelistas para personificar en ellos el tipo del anciano benemérito.

Y ninguno, en verdad, más benemérito en aquellos aciagos días que el noble conde de Fuensierra: sintiendo hervir su pecho de patriótico entusiasmo al oír el grito de las comunidades de Castilla, se había constituido en defensor acérrimo de la causa de los pueblos, escarnecidos villanamente por la tiranía flamenca, más aún, mucho más que por el hijo de doña Juana la Loca

Pero en el momento en que le presentamos a nuestros lectores, un velo de tristeza empañaba el ardiente brillo de sus ojos.

Era el 1.º de mayo de 1521.

En el fondo de una cámara espaciosa, iluminada apenas por los vacilantes rayos de la luz de una lámpara, se distinguía al venerable anciano medio oculto en un sillón de baqueta y envuelto en los anchos pliegues de una larga hopalanda morisca.

Apoyando su frente en la mano derecha, como si quisiera detener el vuelo de su imaginación excitada, meditaba por vigésima vez sobre el contenido de un pequeño pergamino, que oprimía entre sus dedos.

Este pergamino decía así:

«A media noche, para tratar de un asunto que os interesa personalmente, tendrá el honor de saludaros en vuestra casa —Diego de Omaña.»

Gruesas lágrimas, resbalándose lentamente por las arrugadas mejillas del anciano, bajaban a esconderse en el fondo de su canosa barba.

Detrás de la palabra personalmente, entreveía el conde una terrible escena de violencia y sangre: temblaba por él y por su hija... por su hija, por la dulce Elena, por el ángel querido y puro que alegraba los postreros días de su vida.

Porque Diego de Omaña era el favorito del muy alto y poderoso señor don Íñigo Fernández de Velasco, condestable de Castilla y co-regente del reino durante la ausencia del señor rey don Carlos V de Alemania y I de España.

Y era también el verdugo de la regencia, el que había levantado los cadalsos de Valladolid y Rioseco para los bravos Comuneros de Castilla.

IV

Sonaron las doce en el reloj de la catedral.

A los pocos momentos, un pajecillo rubio y sonrosado anunciaba a don Rodrigo la llegada de don Diego de Omaña.

Contaba a la sazón el caballero treinta y seis años, sus ojos eran pequeños y oblicuos, su frente deprimida, sus labios delgados y contraídos.

Era el tipo más perfecto de la bajeza, de la osadía y de la astucia.

Hoy servía al condestable, ayer besó el anillo y las sandalias del cardenal Cisneros, mañana se hubiera arrodillado delante de Padilla, de doña Juana La Loca o de Carlos de Gante: era un acabado modelo de esos hombres de todas las épocas que buscan su medro personal con la doblez y el servilismo.

—Sentaos, caballero —díjole don Rodrigo señalando un sitial próximo al suyo y pudiendo apenas reprimir un movimiento de aversión y disgusto.

—Perdonad, conde —respondió don Diego aceptando el asiento—; tal vez mañana llegará de Valladolid el condestable, y era preciso hablaros.

—Gracias. Decid.

—¡Oh!... Las nuevas son malas para vos.

—¿Tanto, caballero?

—Juzgad: los fugitivos de Villalar van cayendo uno a uno en poder de los soldados imperiales...

—Lo esperaba.

—Y el conde de Ureña ha desbaratado una partida de rebeldes en los campos de Benavente...

—¡Ah! No lo sabía. ¿Tenéis pliegos de la corte?

—Sin duda alguna; y en esos pliegos también he leído que don Antonio de Fonseca arrebata a los comuneros la fortaleza de Rioseco... Convenid conmigo en que apenas queda un girón de la despedazada bandera de las Comunidades.

Alzó el conde la cabeza con ademán altivo, y clavando su vista penetrante en los hundidos ojos de don Diego, dijo con acento despechado:

—Caballero, esa bandera significa la libertad de España...

Pero el secretario del condestable respondió fríamente:

—Pues no os hagáis ilusiones; los tercios imperiales marchan en este instante sobre Toledo, último baluarte de los sublevados, y una conspiración acertada e infalible, urdida admirablemente por los frailes y clérigos capitulares, pondrá en las manos del jefe realista las llaves del alcázar.

Creedme, conde, doña María de Pacheco y el obispo de Zamora serán entonces vendidos por los mismos que ahora les aclaman.

Estremecióse don Rodrigo al oír estas palabras, levantó los ojos y murmuró con voz imperceptible:

—Y, sin embargo... ¡La sangre de Villalar pide venganza!

Aparentó serenarse de repente, y volviéndose a Omaña, que le contemplaba con irónica sonrisa, exclamó:

—Y bien, ¿qué queréis vos?

—Salvaros.

—¡Vos! ¡Salvarme!...

—A vos y a vuestra hija.

—¡A mi hija! ¡Explicaos, caballero, explicaos!... A mí no me importa morir; seis días hace que he sabido la ejecución de Padilla, y estoy esperando la muerte a cada instante... Pero mi hija... ¿Qué ha hecho mi hija al condestable? ¿De qué queréis salvarla?

Don Diego contestó con mucho aplomo:

—A vos, del suplicio; a vuestra hija, de una orfandad prematura y triste.

—¡Ah!...

—Uno de los pliegos que habrá de recibir mañana el alcaide de la fortaleza de Burgos contiene la orden de prisión contra el conde de Fuensierra... Ya lo sabéis; en estos días la prisión es la muerte.

—¡También lo esperaba! —contestó don Rodrigo levantándose—. ¿De qué se me acusa?

—¿Vos lo preguntáis?

—Tenéis razón, caballero; no me había olvidado de que era un crimen a los ojos de los regentes del reino la defensa de las libertades patrias... Decid a vuestro amo que la víctima está dispuesta al sacrificio.

Y extendiendo su mano derecha hacia la puerta de la cámara, añadió con glacial acento:

—¡Idos, caballero!

Temblaba don Diego de coraje ante la fría impavidez del conde.

No podía comprender aquel malvado que escuchase tranquilo su sentencia de muerte el hombre que lloraba y se estremecía cual medrosa doncella al saber las derrotas de los bravos Comuneros.

V

Pero, ¿qué le importaba a él la muerte de don Rodrigo de Ossorio?

Valíase de esa amenaza terrible como de un medio eficacísimo, a su modo de ver, para realizar sus insensatos planes, y nada más; por eso, al verse contrariado, determinó hacer uso de los últimos recursos, por raros y violentos que fuesen.

—¿Y vuestra hija?... ¿Y esa pobre niña que adora a su padre?...

—Mi hija —respondió el hidalgo con firme voz pero con el pecho destrozado—, mi hija no se consolará jamás de la pérdida de ese padre que la idolatra; pero llegará con sus lágrimas y ceñirá de laureles la tumba de un mártir...

—¡Triste consuelo!

¡Aún más!

—Dos palabras... Yo poseo esa orden maldita...

—¡Dios mío!... ¿Vos?...

—Yo, sí... ¡Vedla!

Y el de Omaña sacó un pergamino arrollado, que mostró a don Rodrigo.

El anciano temblaba. Pasóse la mano por la frente, como queriendo resistir a un pensamiento de debilidad y cobardía.

Y don Diego, mientras tanto, le ponía el pliego delante de los ojos, y le dirigía miradas oblicuas y traidoras con esa fijeza terrible de la serpiente que atrae a su víctima.

—¡Dios mío! ¡Vos!... —repetía el conde con voz temblorosa y opaca.

—¡Vedla! Yo puedo salvaros a vos y a vuestra hija... Todos ignoran la existencia de esta orden... y si yo la rasgase en mil pedazos...

—¡Es verdad!

—Sí, yo puedo detener el golpe de la manoque os hiere...

—¡Me salvaréis! ¡Salvaréis a mi hija!

—Yo os lo juro —respondió el de Omaña—; pero...

—¿Pero?... —repitió el anciano.

Y acercándose el favorito al conde de Fuensierra, le tomó ambas manos, apoyólas cariñosamente en su pecho, y le dijo casi al oído con acento breve y conmovido:

—Oíd... Hace tres años que vivo en un infierno de dolores y amarguras... ¡Amo! Amo... como un loco que delira todos los días por alcanzar una dicha imposible, un fantasma que se desvanece, una alegría del alma que se convierte de pronto en pena cruel y dolorosa.

Mas... vuestra esposa, caballero...

—¡Callad!... Esa esposa me ha sido impuesta por el condestable como una cadena de hierro que se impone sobre la garganta del esclavo... No es mi esposa, no es mi amante, no...

—Pero... yo... ¿Quién soy yo, caballero, para vuestro amor?

—Vos sois, sí, quien puede hacerme dichoso, quien puede arrancar de mi pecho ese infierno que me abrasa, ese agudo puñal que me asesina.

—¡Ah! ¡Dios mío!... ¿Qué dice este hombre? —murmuró don Rodrigo estremeciéndose.

—¿Me comprendéis?

—¡Apartaos, miserable!... ¡Apartaos!...

—¡Oh! ¡Yo amo a vuestra hija!... ¡Su amor por vuestra vida!... ¡Sus brazos por vuestra vida!... ¡Sus caricias por vuestra vida!...

Y después, con una transición repentina, añadió el favorito con insolente aplomo:

—Nada más sencillo: yo os libro de la muerte, vos me dais a vuestra Elena. Es un simple cambio.

—Pero el conde sentía que toda la sangre le azotaba las sienes, como si estuviese poseído de un vértigo.

Levantó la frente con dignidad avasalladora, y dando a su semblante el aspecto del desdén más profundo, exclamó con voz de trueno:

—¡Sois un infame!

—¡Conde!...

—¡Queréis comprar mi honra a costa de mi vida!... Sabed, mal caballero, que deseo la muerte, mil muertes si pudiera, antes que mancillar mis canas...

—¡Don Rodrigo!

—¡Callad!... Antes de ahora sabía que vosotros, los satélites del condestable, os arrastrabais como viles a los pies de los flamencos, que vendíais en subasta pública los cargos de la patria, que pagabais el crimen, que encadenabais a los pueblos... Sabía que habéis comprado con el oro que robasteis la traición de los Girones y de Lasso de la Vega; que habéis incendiado la desdichada Medina del Campo, destruyendo aquel emporio de la riqueza, del comercio y de la industria de nuestro siglo; que habéis construido el tajo para hacer rodar las nobles cabezas de Juan de Padilla, Juan Bravo y Francisco Maldonado. ¡Todo lo sabía!... Pero ignoraba que queríais comprar también la vida de los padres con la honra de las hijas... ¡Esta es la maldad de las maldades! ¡Salid, infame, salid! Mañana, cuando veáis a vuestro amo, decidle que aquí espera tranquilo el conde de Fuensierra para escupir su vida inmaculada en vuestro rostro de traidores... ¡Salid, salid sin que nadie os vea!... No se diga nunca que un mal caballero ha pisado los umbrales de mi casa... ¡Salid!...

Era una figura imponente la de don Rodrigo al pronunciar estas palabras.

Con frente erguida y ojos centelleantes, señalando con el dedo la puerta de la cámara, asemejábase el venerable anciano a uno de esos bellos modelos que la antigüedad nos ha legado, representando el tipo de la virtud incorruptible que lucha victoriosa contra las pérfidas sugestiones de la maldad aleve.

Don Diego de Omaña desapareció de pronto, murmurando palabras de venganza.

Y dijo en alta voz al trasponer la puerta de la cámara:

—¡Elena será mía!

VI

Y el anciano conde permaneció agobiado bajo el peso de su infortunio.

Adelantó luego lentamente hasta una puerta de góticas molduras que se dibujaba apenas en el fondo opaco de la cámara.

Aquella era la puerta del oratorio.

Delante de ella pendían dos cordones, uno de los cuales estaba asido a la campana de alarma del alcázar y el otro a la que estaba destinada al servicio doméstico.

Con mano temblorosa sacudió el anciano este último, y un sonido prolongado y agudo se extendió por las habitaciones interiores.

Y a los pocos momentos se presentaba delante de don Rodrigo su fiel criado Beltrán Díaz, honrado castellano encanecido en el servicio del conde, que había peleado con él en Granada y Orán, que había visto nacer a Elena, que la había mecido en sus brazos, y guiado sus primeras pisadas, y aspirado el celestial perfume de sus sonrisas más dulces, a guisa de madre cariñosa y solícita.

Beltrán se acercó lentamente.

—¡Mírame! —le dijo el anciano dándole una palmada en el hombro—. ¿Me amas?

—¡Señor, vos lo sabéis! ¿Amas a mi hija?

—¡Oh! ¡Más que a mi vida!

—Lo sé, amigo mío, porque tú eres mi amigo, Beltrán, mi mejor amigo —repitió don Rodrigo, con ternura apretando con sus manos convulsivas la callosa diestra del criado—. Bien; pues es preciso vengarnos del condestable y de ese miserable Omaña...

—¡Ah! ¿Se han atrevido? ¿Qué os han dicho, señor?

—¡Me han insultado!

—¡Ellos, los infames!...

—Sí... ¡Y han insultado a mi hija!...

—¿Qué decís, señor? ¡A vuestra hija! ¡A Elena!...

—Escucha... Mañana, tal vez esta noche, dentro de una hora acaso, me entregarán los traidores a la venganza de don Íñigo...

—¡Dios mío!...

—Tú me salvarás.

—¿Yo?

—Tú, sí.

—¡Ah! Yo os daré mi vida, ¡mil vidas que tuviera! —añadió con ferviente anhelo el leal criado—; pero, ¿quién soy yo, miserable de mí, para salvaros?

—Oye: tú sublevarás el pueblo de Burgos...

—Tenéis razón. ¡Es una esperanza! El pueblo os ama, os adora.

—Y el pueblo y tú me salvaréis.

—No lo dudéis, señor, os salvaremos.

—¡Valor, amigo mío!

—¡Oh! Ya me conocéis, ya conocéis también a este pueblo generoso y bravo... Os salvaremos, señor, os salvaremos.

—Gracias, Beltrán; dame ahora tu mano, que quiero estrecharla otra vez como si fuera la de mi amigo más fiel y querido.

—¡Señor!

—Vete ya, que los momentos son cortos y voy a rezar por mi Elena. Adiós, hasta mañana.

Beltrán desapareció apretando los puños y derramando lágrimas.

Don Rodrigo cogió la débil lámpara que iluminaba el aposento, empujó la puerta del oratorio, y cayó de rodillas delante de un crucifijo gigantesco, murmurando con voz apagada:

—¡Todo por ella, señor! ¡Salvad a mi hija!

VII

Detrás de las habitaciones del conde de Fuensierra había otro cuarto más pequeño unido al resto del edificio por una galería de pintados vidrios.

Atravesábase una ancha sala adornada con trofeos de armas y aparatos de montería, y otra no menos ancha guarnecida de colgaduras de Utrecht y de Bruselas, y detrás de una puerta forrada de damasco blanco que se veía al final de la última sala se fijaba la planta en un lindo gabinete de reducido espacio y perfumado ambiente.

Nada más bello que esta virginal morada.

Cubrían sus paredes sedosos cortinajes de damasco blanco, con ribetes de azul y oro; tapizaba su suelo una rica alfombra de rosas y azucenas, entretejidas con ramos de azahar y mirtos, y cerraba sus ángulos una bóveda airosa de morisco estuco, de cuyo centro pendía una brillante lámpara de vidrios de colores, según la usanza de la época.

Una estrecha ventana gótica rasgada enfrente de la puerta, daba luz al aposento que se reflejaba en dos grandes espejos venecianos; algunos divanes de terciopelo finísimo y dos sitiales antiguos de bruñidas molduras y alto respaldo, completaban el adorno de aquella mansión encantadora.

Más allá todavía, detrás de una gran cortina de finísimo encaje de Inglaterra, se adivinaba un lecho, blanco como la inocencia, virginal como los pensamientos de un ángel, puro e inmaculado como el primer beso de amor de una tierna desposada.

Nadie penetraba en este sagrado recinto sin sentir el corazón impregnado de esa ambrosía de pureza que rodea como cándida corona las frentes de las vírgenes.

Allí habitaba la señorita doña Elena de Ossorio, condesa heredera de Fuensierra.

VIII

La hija de don Rodrigo contaba apenas diez y siete años. Blanca y rubia, como los reflejos más puros de la aurora; de grandes ojos azules, que trasparentaban la dulzura infinita de su alma; cándida como el sueño de los ángeles, y hermosa como un ramo de elegidas flores, parecíase a una de esas hadas ideales a que rinde ardoroso culto el corazón insaciable de los poetas.

Privada casi desde la cuna de las caricias maternales, de esas tiernas caricias que representan un piélago de sentimiento, había pasado los primeros años de su vida bajo la dirección cariñosa de su aya doña Beatriz de Ojeda, mientras el conde don Rodrigo luchaba por su patria en Orán y Túnez, o asistía a los consejos de Fernando el Católico y del gran Jiménez de Cisneros.

Algunas veces huía el esclarecido patricio del campamento o de la corte, cruzaba por las dos Castillas y se presentaba de improviso en su palacio de Burgos.

Contemplaba por algunas horas la faz preciosa de su hija, cubríala de besos, la estrechaba en sus brazos, y volvía gozoso a lidiar contra los enemigos de su patria o a ilustrar el consejo de sus reyes.

Pero a la venida del archiduque don Felipe el Hermoso, retiróse Ossorio de la corte servil y corrompida que rodeaba a aquel príncipe, sin otros premios que sus inmaculadas canas y honrosas cicatrices.

Desde entonces fue todo para su Elena y su Elena toda para él.

Viola crecer y desarrollarse, cultivó su espíritu y sorprendió en su alma el primer pensamiento de amor.

Un día se levantó el pueblo de Burgos amenazador y terrible, y escribiendo en su clásica bandera de amaranto el lema de las Comunidades, se lanzó a despedazar las duras argollas con que le oprimía la tiranía de los flamencos. Aquellas oleadas humanas, rugientes como las borrascas del Océano, se presentaron delante del palacio de Fuensierra.

Don Rodrigo se hallaba enfermo.

Elena apareció en una de las ventanas del alcázar.

—¿Qué queréis? —preguntó a las turbas con ecos argentinos.

Adelantóse don Juan de Mendoza, jefe de la muchedumbre alborotada, y arrojando a los aires su blanco sombrero de plumas, contestó con voz de trueno:

—¡Santiago y libertad!

El pueblo guardaba aterrador silencio.

La esforzada niña lanzó también a los aires su finísimo lenzuelo, y ahuecando la voz lo más que pudo, contestóle entusiasmada:

—¡Santiago y libertad!

Prorrumpieron las masas en frenéticos aplausos, mientras el bravo comunero Juan de Mendoza estrechaba contra su corazón el pañuelo de la joven.

A los pocos días ya no eran un misterio para nadie los amores de la señorita doña Elena de Ossorio con don Juan de Mendoza, capitán de los tercios de Castilla y jefe de los comuneros de Burgos.

¿Por qué no se habrían celebrado las bodas antes de que llegase a su terrible apogeo el incendio de las comunidades?

La pobre niña vio a su futuro esposo huir disfrazado y seguido de cerca por las tropas del sanguinario condestable; supo luego su feliz llegada al campo de los populares, y oyó después con lágrimas en los ojos la relación sangrienta de las jornadas de Medina y Villalar.

Y no sabía más...

Su padre, empero, no ignoraba la heroica muerte de don Juan de Mendoza, vendido por el cobarde Omaña.

IX

Pensativa y llorosa estaba la pobre niña al acabarse la tarde del 2 de mayo de 1521.

Ocultábase el Sol detrás de la inmensa mole del castillo de Burgos, de aquel magnífico castillo que fue votado por las tropas francesas en la mañana del 13 de junio de 1813, y sobre cuya cima descuellan aún hoy día algunos viejos paderones y ruinosas empalizadas, cubiertas por el musgo de diez siglos.

La noche era tranquila y serena, la Luna clara y brillante, el aire tibio y perfumado.

Elena, reclinada en el alféizar de la ventana de su lindo aposento, dirigía miradas anhelantes al camino tortuoso del regio alcázar, cuyos gigantescos torreones, opacos y sombríos cual informes y descarnados fantasmas, se destacaban en el fondo del horizonte sobre las cumbres vecinas de San Miguel y San Esteban.

Pintábase en los llorosos ojos de la niña una indefinible expresión de malestar y de angustia, que en vano ella trataba de ocultar entre los pliegues de su blanco lenzuelo.

Los presentimientos, esos misteriosos augures del corazón humano, la vaticinaban una próxima desgracia; no se le ocultaban, no, los peligros que ceñían la existencia de su padre querido.

Ella, la pobre huérfana que apenas había sentido en sus mejillas los besos de una madre, ¿tendría que ver acaso al padre de su alma, al honrado caballero, al valiente soldado de Granada y de Túnez, de Orán y Garellano, arrebatado a sus caricias por los crueles parciales de Flandes, sumergido en lóbrego calabozo, ensangrentado y lívido en las gradas de un cadalso?

¡Qué horrorosos presentimientos!

De pronto exhaló un grito.

Descendía apresuradamente por la falda del monte vecino un escuadrón de lanzas imperiales, a cuyo frente creyó distinguir la bandera blasonada del condestable de Castilla.

Los soldados paso a paso avanzaron en silencio hasta rodear por completar el palacio de Fuensierra.

—¡Ellos! —gritó Elena—; ¡ellos!...

Arrancóse desesperada de la ventana en que estaba apoyada, corrió a la puerta de su cámara, y rápida como una gacela herida y acosada por crueles sabuesos, lanzóse en las habitaciones de don Rodrigo, clamando con ayes lastimeros:

—¡Padre mío! ¡Padre mío!

Los aposentos del conde están desiertos.

Ninguna dueña, ningún escudero, ningún pajecillo se adelantó a recibirla.

Empujó otra puerta, salvó los extensos pasadizos interiores, se asomó a la escalera principal del palacio y gritó de nuevo cada vez con más coraje:

—¡Padre mío! ¡Padre mío!

Nadie contestaba, y solo los ecos repetían sus voces angustiosas. Dio un paso más, avanzó con recelo su cabeza por encima de la balaustrada de la escalera y clavó sus ojos en el ancho vestíbulo del alcázar.

¡Ay!... Entonces presenció una escena desgarradora.

Su padre querido traspasaba en aquel momento los umbrales de su propia casa, maniatado cual si fuera cobarde asesino entre dos hileras de soldados imperiales.

El infeliz don Rodrigo, que ocultó a su hija la escena de la noche precedente, se había también impuesto el heroico sacrificio de entregarse a la venganza de Omaña sin despedirse de su adorada Elena.

Quiso evitarla un pesar, y la pobre niña le recibió más terrible.

Cayó de rodillas y exclamó:

—¡Díos mío!... No permitáis que mi padre sucumba, no reservéis ese premio a sus virtudes... Las manos de los verdugos son indignas de profanar las canas venerables de vuestro siervo... ¡No lo queráis, señor!

Y la angustiada Elena quiso lanzarse en busca del anciano...

X

Pero una mano extraña, con toda la fuerza de una mordaza de hierro, cayó de repente sobre sus labios entreabiertos...

—¡Callad! —dijo en las sombras una voz desconocida—. ¡Callad!... Yo salvaré a vuestro padre. Venid, Elena, venid.

Y la triste doncella, abatida y medio desmayada, comprendió que la conducían hercúleos brazos hasta las habitaciones del conde.

—¿Quién sois vos? —preguntó entonces a su conductor misterioso.

—¡Miradme!

—¡Don Diego de Omaña! —gritó la cuitada al fijar la vista en el semblante del embozado.

Y el instinto del pudor la hizo sacudir el vértigo que se apoderaba de su espíritu, y levantó la frente con ademán altivo, y retrocedió tres pasos como si quisiera apartarse de una sierpe venenosa.

—¡Apartad! —gritó—. ¡Mi padre ha sido preso! ¡Tal vez en este instante se está dictando su sentencia de muerte!... ¡Apartad! Yo quiero salvarle... ¡Salvarle a costa de mi vida!...

—¡Imposible!

—¡Dejadme salir! ¡Yo quiero salvar a mi padre querido!... Se levantará el pueblo de Burgos a mis voces y haré temblar de espanto a los verdugos imperiales... Yo diré a los burgaleses: «Esos que intentan quitaros vuestras libertades venerandas, esos que pretenden unciros al yugo de la tiranía flamenca, esos que saquean los pueblos, roban las iglesias y devastan los campos, que asesinan a vuestras hijas, que profanan vuestros hogares, que violan a vuestras hijas y a vuestras esposas... ¡esos son los raptores de mi padre!». Y el pueblo que le ama se lanzará a la pelea, y allanará los calabozos del castillo, y arrancará de la muerte a su bienhechor generoso, a mi padre adorado...

¡Hermosa estaba la débil niña convertida en esforzada matrona!

Sus ojos chispeantes retrataban toda la altivez de su noble progenie, y sus facciones delicadas aparecían teñidas de un carmín subido, como si protestar quisiera de las lágrimas que la habían inundado poco antes.

Pero don Diego estaba resuelto a todo, hasta a la violencia, y no era hombre que pudiera acobardarse delante de una débil doncella.

—Serenaos —dijo—, y oídme: vos estáis sola en el mundo...

—¡Sola! ¡Dios mío! ¡Sola!

—¡Sola! —insistió el favorito cruelmente—. No pretendáis luchar con lo imposible; don Rodrigo ha sido preso por orden del condestable de Castilla, y en vano queréis vos, pobre criatura, romper los muros de su cárcel. ¡Oh! ¡Elena, hermosa Elena! —añadió el de Omaña con ternura—; sin embargo, en vuestras manos está la vida del conde...

—Explicaos, por Dios... —balbuceó la joven.

—Os vi por vez primera asomada a uno de los ajimeces de vuestro alcázar el día memorable en que el pueblo de Burgos enarbolaba la enseña de las Comunidades...

—Y bien... —interrumpió con ansiedad Elena.

—Desde entonces... ¡os amo!

—¡Ah! —gritó la niña retrocediendo más todavía.

—¡Os amo, Elena, os amo! —repitió don Diego apasionadamente—. Dos años hace que esta pasión me consume, que este fuego me devora, que este amor me mata... porque vos no me amáis, Elena; porque amáis todavía la memoria de don Juan de Mendoza, y el demonio de los celos despedaza horriblemente mi corazón enamorado. ¡Elena! ¡Elena! ¡Vos no sabéis lo que son los celos! ¡Vos no sabéis lo que es amar sin esperanza! ¡Vos no sabéis lo que es tener dentro del pecho un infierno implacable que me hace sentir en cada instante de la vida todos los tormentos, toda la rabia, toda la desesperación de los réprobos más malditos!... Sí; yo sé que vos no me amáis, que no me amaréis nunca, porque vos sois un ángel y yo un demonio, porque vos sois pura y yo estoy manchado con todos los crímenes, porque vos sois inocente y yo un culpable... Pero hay ocasiones en que vosotros, los ángeles de la tierra, necesitáis del auxilio de los condenados; momentos en que nuestros pensamientos se unen, instantes en que nuestras manos se tocan... Vos no me amáis, pero amáis a vuestro padre; vos no me amaréis nunca, pero nunca tampoco desearéis la muerte de don Rodrigo de Ossorio... ¡He aquí ese momento en que vos, el ángel de la tierra, necesitáis de mi poder e imploráis mi amparo! ¡Elena, hermosa Elena, yo solo puedo salvar a vuestro padre! ¡Tu amor por su vida! ¡Tus brazos por sus brazos! ¡Tus caricias por sus caricias!...

Y don Diego de Omaña, con el semblante encendido, con ojos desencajados, con labios temblorosos, pugnaba por estrechar en sus brazos a la asombrada Elena.

Parecíase al demonio de la lujuria, exaltado y loco por la digna entereza de una virgen.

La púdica doncella estaba aterrada.

Rápidos, como las ideas de un demente, cruzaban por su imaginación acalorada los tristes sucesos que se habían aglomerado en tan cortos instantes para cubrirla de luto y dolores.

¡Quizá había perdido a su amante! ¡Quizá vería morir a su padre! ¡Quizá también perdería su honra!

Esta terrible idea la llenaba de espanto.

Su mismo peligro le daba fuerzas para luchar, sin ser vencida contra el cobarde que señalaba elhonor de una doncella como precio de la vida de un anciano, y se esforzaba en librarse de los férreos brazos que intentaban aprisionar su cintura...

—¡Sois un miserable! —dijo.

—¡Tu amor por su vida! ¡Tus brazos por sus brazos!...

—¡Apartad, malvado!

—¡Mía! ¡Serás mía! ¡Solo mía! —contestaba el favorito delirante.

Pero el círculo en que los dos luchaban se reducía por instantes, y debilitábanse las fuerzas de la niña, y las sombras de la noche comenzaban a inundar el aposento, como si la luz se retirase avergonzada de aquella escena de profanación y violencia.

XI

—Mientras tanto resonaba por los ámbitos de Burgos un ruido sordo, mugidor, tremendo, parecido al del huracán de la tormenta que se despedaza bramando en las quebradas hendiduras de los valles.

El pueblo alborotado reclamaba con las armas en la mano la libertad del conde de Fuensierra.

Aquel pueblo modelo, leal y generoso, pero vengativo y bravo, que tascaba con impaciencia el duro freno que le plugo imponerle al condestable de Castilla, deseaba romper los acuerdos de sus magnates que se atrevieron a enlodar la proverbial hidalguía castellana con las cartas de plácemes dirigidas a la regencia en una ocasión solemne.

Si buscaba un pretexto, la prisión del condestable se lo ofrecía bien cumplido.

Ellos, los nobles burgaleses, los primeros que arrojaron a la faz de la ultrajada España el grito de las Comunidades, los que habían jurado hacer respetar sus fueros o verter su sangre, ¿podrían acaso ver tranquilos la muerte de don Rodrigo de Ossorio, su amigo sincero, su jefe idolatrado, su protector generoso?

¡Nunca!

Beltrán Díaz, el leal servidor del conde, penetrando desde muy temprano en casi todos los hogares de la vieja corte castellana, anunció a sus pacíficos moradores la desgracia que amenazaba a su amo.

A los unos, menestrales desvalidos que habían recibido del conde en sus días de amargura el pan para sus mujeres y la esperanza para sus hijos, les decía con acento doloroso:

—¡Vuestro protector está sentenciado a muerte por el condestable! ¡Salvémosle!...

A los otros, víctimas privilegiadas de la desgracia, a quienes la dulce y piadosa Elena prodigara consuelos celestiales abriendo a la fe su corazón desesperado, les retrataba los infortunios que amagaban la existencia de la pobre niña, y concluía con voz firme y decisiva:

—¡Es el padre de vuestro ángel bueno! ¡Salvémosle!

Y a casi todos, viejos soldados de Isabel la Católica o de Gonzalo de Córdoba, conducidos cien veces al combate por el anciano prisionero, les apostrofaba con voces de energía:

—¡Salvémosle! ¡Fue nuestro caudillo y nuestro amo! ¡Salvémosle!

Y el pueblo entero, como impelido por un resorte poderoso, se lanzó a la calle con las armas en la mano, pidiendo en son de amenaza la libertad del virtuoso y querido magnate.

Y resonaban por calles y plazuelas los gritos de las masas.

—¡Viva el conde de Fuensierra! —gritaban todos.

—¡Abajo la regencia! —añadían algunos.

—¡Muera el condestable! —decían muchos, blandiendo con ira descomunales picas y brillantes espadas.

XII

Pocas horas hacía que don Íñigo Fernández de Velasco había llegado de la corte, a la sazón en Valladolid.

Odiaba al pueblo de Burgos, acaso porque este pueblo le perdonó la vida en un día memorable, dejándole huir disfrazado de aldeano a sus estados de Haro, y se vengaba de la generosa clemencia de aquel puñado de leales enviándoles a las prisiones más lóbregas de España o haciéndoles morir en afrentosos patíbulos.

Él era la mano de hierro de aquel triunvirato célebre cuya memoria ha pasado a las crónicas con tan negros colores, la inteligencia poderosa que deshacía todas las dificultades, la cuchilla teñida en sangre que segaba todos los obstáculos.

El almirante don Rodrigo representaba la indiferencia: el cardenal Adriano, nada.

Por eso el condestable era el alma de aquel funesto conciliábulo de grandes que inauguraba su poder con la sangre de Villalar y el incendio de Medina del Campo, para terminar luego con las crueles ejecuciones de Valladolid, Rioseco y Palencia.

¡Ay del pueblo que se atrevía a provocar su cólera!

XIII

Una muchedumbre inmensa, loca, frenética, de cuyo centro se levantaba ese murmullo sordo y prolongado que precede siempre a las conmociones populares, se agolpaba tumultuosa a las puertas del palacio de don Íñigo.

Beltrán Díaz marchaba a la cabeza de los insurrectos.

A los primeros síntomas del movimiento, el condestable dejó su palacio y se encaminó a la fortaleza inexpugnable de los reyes, rodeado de su pequeña corte de aduladores y verdugos.

Diego de Omaña le aconsejó que anticipase la prisión del conde mientras el pueblo perdía el tiempo en vocear delante del palacio de don Íñigo, situado en la plaza del Cordón, hoy de la Libertad, palacio que aún existe.

Todavía puede verse este informe edificio, construido en el siglo XV, que desafía audaz la carcoma de los siglos.

Pero las puertas del alcázar permanecían cerradas a pesar de los gritos del furioso populacho.

Sin embargo, detrás de aquellas puertas bramaban de cólera los soldados imperiales.

¡Cosa extraña! Habían recibido órdenes severísimas de mantenerse a la defensiva, mientras los sublevados no empleasen la violencia para conseguir su objeto.

Pero la violencia no entraba para nada en los planes del jefe del tumulto.

Beltrán Díaz solo anhelaba la libertad del conde y la dicha de Elena, y solo apelaría a la violencia cuando no pudiera conseguir el primero de sus deseos por medio de la amenaza.

XIV

Hundíase el Sol detrás de la montaña de San Miguel, y la noche envolvió bajo su manto de sombras la capital de Castilla.

Mas las puertas del alcázar de don Íñigo seguían cerradas.

¿Quién es capaz de señalar un límite al furor de un pueblo en movimiento?

Uno de los malvados que se introducen siempre entre las filas de los hombres de honra, lanzó atrevidamente sobre las pasiones desbordadas de la plebe este grito siniestro:

—¡Fuego! ¡Fuego!

Era la chispa que necesitaba aquel volcán rugiente e impetuoso, y la palabra fatídica voló de boca en boca con la rapidez de un rayo, acariciando las ideas de venganza que alimentaban las masas enconadas.

—¡Fuego! ¡Fuego! —repitió la muchedumbre en la embriaguez de su ira.

Y a los pocos momentos aparecieron los ángulos del palacio rodeados de materias combustibles.

Los más audaces agitaron por encima de los grupos teas encendidas, y hasta los menos animosos retaban con miradas de encono al gigantesco edificio.

¡Un instante más!...

XV

De repente resonó en los aires el eco metálico y vibrante de la campana de alarma del palacio de Fuensierra.

Aquellos tañidos misteriosos e inesperados, que tenían algo de lúgubres, caían sobre el corazón del pueblo como una realidad cruel y desgarradora.

¡El conde estaba preso! ¡Elena pedía socorro!

Todos los ojos se volvieron de repente para buscar a Beltrán Díaz, pero Beltrán Díaz había desaparecido como por encanto.

Corría el leal escudero de don Rodrigo a descifrar cuanto antes el enigma de las tristes campanadas.

Y las turbas gritaron con enconada saña:

—¡Don Rodrigo está preso!

—¡Elena pide socorro!

—¡Muera el condestable!

—¡Muera el favorito!...

Y abandonando la plaza del Cordón en el momento en que las llamas se apoderaban de los ángulos del soberbio edificio, dirigiéronse algunos grupos por la calle de la Puebla hacia la casa solariega de don Rodrigo de Ossorio, mientras los más animosos se lanzaban resueltos en el quebrado camino que conducía a la fortaleza de los reyes.

XVI

Y la campana de alarma del palacio de Fuensierra, seguía tañendo misteriosa y lúgubre.

Porque Elena luchaba aún, sin ser vencida, con el miserable Omaña.

Pero sus fuerzas se agotaban, sus ojos se oscurecían, su frente sentía el desvanecimiento del vértigo...

De pronto brilló un relámpago de alegría en la mirada chispeante de la animosa doncella.

Había visto el cordón de la campana salvadora, que vacilaba delante de la puerta del oratorio de su padre.

Aquella campana, cuyos sonidos comprendían los burgaleses todos, era el áncora de salvación que le deparaba la Providencia en trance tan amargo.

—¡Gracias, Dios mío, gracias!... —murmuró la joven con acento de gratitud inmensa.

Hízose arrastrar por el de Omaña hasta el sitio deseado, alzóse luego sobre las puntas de los pies, cogió con ambas manos la cuerda salvadora, y la sacudió repetidas veces con violencia inusitada.

Los tañidos agudos y vibrantes se extendieron momentáneamente hasta los límites más lejanos de la ciudad de Burgos.

Nublóse la frente del favorito del condestable.

—¡Desdichada! ¿Qué hacéis? —preguntó consternado.

—¡Vengarme! —respondió la esforzada Elena sacudiendo con más brío la cuerda de la campana.

Don Diego de Omaña, que conocía el odio instintivo que le profesaban los habitantes de Burgos, por él vendidos, por él humillados, por él reducidos en aquellos aciagos días a la miserable condición de esclavos del condestable de Castilla, cobarde como todos los criminales, pensó instantáneamente en los graves peligros que corría su existencia si el menos rencoroso de los vecinos de Burgos le encontraba en el palacio de Fuensierra asaltando la honra de la pudorosa y virginal Elena.

—¡Maldición! —exclamó desesperado, soltando a su víctima.

—¡No os iréis! —gritó la joven entonces agitando sin cesar el cordón de la campana—. ¡Miserable!... Ahora ya soy libre, vos sois el prisionero... Vos, que pretendíais darme la libertad de mi padre al precio de mi honra, dádmela ahora al precio de vuestra vida.

—¡Imposible!

—¿Imposible? ¡Dádmela!... Ved que llegan gentes en mi ayuda y os matarán sin escrúpulo en el mismo lugar de vuestras violencias... ¡a los pies de vuestra víctima!

—¡Imposible! ¡Imposible!...

—¡Oh! ¡Sois el más vil de los hombres! Queréis matar al padre de mi vida, y queréis presentarme sin honra en las escaleras de un patíbulo... ¡No os iréis, no, porque a donde quiera que fuereis, allí iré yo siguiendo vuestros pasos, y os llamaré ¡asesino! ¡asesino! ¡asesino!

Don Diego rugía como una pantera encadenada cuya cólera excita el populacho con hierros candentes.

Fácil le hubiera sido salir del palacio de Fuensierra y cruzar sin recelo y sin levantar sospechas, cubierto hasta las cejas con su negro tabardo, por delante de los criados del conde que custodiaban la puerta; pero, ¿cómo podría sujetar la lengua de una mujer desesperada que se proponía seguirle a todas partes, denunciándolo al odio y a la venganza de los irritados burgaleses y llamándole asesino de su hidalgo padre?...

Y era preciso resolverse.

Oíanse pasos lejanos y un ruido prolongado de abrir y cerrar puertas en las habitaciones interiores del alcázar, y se oía también el bramido sordo e imponente de las turbas exaltadas, que venían a la carrera arrollándolo todo, a guisa de torrente impetuoso, y pidiendo a voz en grito la libertad de don Rodrigo y la cabeza del condestable.

La ira ahogaba al de Omaña.

Sus ojos resplandecieron con furor siniestro, y sus crispadas manos empuñaron una daga.

Dio algunos pasos hacia la puerta, y la niña le siguió gritando:

—¡Asesino! ¡Asesino!

—¡Elena!... —dijo don Diego con voz trémula.

—¡Asesino! —repetía la animosa doncella.

—¡Piedad para vos! —exclamó el insensato suplicante.

—¿Oís los pasos? ¡Ya llegan! ¡Ya están aquí! —respondió la joven con alegría histérica.

Estremecióse el favorito como si hubiese sentido en su garganta la picadura de una serpiente.

Quiso huir, y Elena le siguió implacable; intentó salvar la puerta de la cámara, y la niña corrió también tras de sus pasos.

Y oíanse muy cerca las voces de las gentes que acudían y los clamores del pueblo alborotado, sediento de venganza y exterminio, que se apiñaba en compactas masas delante de la puerta del palacio.

Una lengua de fuego cruzó por sus ojos.

—¡Maldición sobre mí! —rugió el miserable.

Y levantó la daga sobre el cuello de su víctima, vaciló un momento, volvió la cabeza, y clavó el puñal en el seno de la pobre niña.

—¡Asesino! ¡Asesino! —murmuró la doncella con voz apagada al ver brillar en las manos del favorito el arma homicida.

La sangre corrió, y Elena cayó desplomada, como si todas las fuerzas de su espíritu se hubiesen escapado en aquellas últimas palabras.

Omaña desapareció precipitadamente, salvando a grandes pasos la sombría escalera del palacio de Fuensierra.

XVII

Y a los pocos momentos señalóse en el umbral de la estancia la gigantesca figura de Beltrán Díaz, con los cabellos en desorden, los ojos espantados, las mano crispadas.

El infeliz temblaba.

Separó con hercúleas fuerzas a los oficiosos criados que tras él vinieron con luces, y apenas tuvo aliento para exhalar un gemido doloroso.

Había reconocido a la infortunada hija de su amo anegada en sangre.

—¡Hija mía! ¡Hija mía! —prorrumpió el desdichado, arrojándose frenético sobre el cuerpo de la joven.

Cogióla en sus brazos, la estrechó contra su pecho y estampó un ardiente beso, un beso paternal y entrañable, en la frente pálida de Elena.

—¡Vive! ¡Vive! —exclamó el leal criado radiante de alegría al sentir los latidos del corazón de Elena.

Y cual madre solícita, rodeado de las dueñas y seguido por los demás sirvientes del conde, transportó en sus brazos a la niña hasta el lecho purísimo donde ella había soñado tantas veces con el amor y la dicha.

Luego, el implacable Beltrán Díaz volvió a la cámara de don Rodrigo, manchada aún con la sangre inocente de Elena, trazó una cruz roja y humeante sobre las blancas baldosas del pavimento, levantó los ojos al cielo, y dijo con insensata expresión de cólera:

—¡Que no viva yo mañana, y Dios me niegue su gracia, si antes de la media noche no he vengado ya este crimen! ¡Juro a Dios que la sangre de un villano que yo conozco borrará la sangre inocente de mi señora!

Beltrán Díaz había comprendido al punto aquella lúgubre y misteriosa tragedia.

XVIII

Al Norte de Burgos, sobre una montaña elevada y áspera, se levantaba en otros días el soberbio alcázar de los reyes de Castilla, mandado construir en el siglo X por el valeroso conde Fernán González, y que fue volado por las tropas francesas del usurpador José Napoleón a las cuatro de la mañana del 13 de junio de 1813, «empleando al efecto» —dice la Gaceta de Madrid de 18 del mismo mes y año—, «más de mil y quinientas bombas de todos calibres, que saltando a la vez causaron un estrépito que se oyó muy claro a catorce leguas de distancia».

Aún hoy se ven —ya lo hemos dicho—, algunos viejos paredones, agrietadas murallas y mohosos postigos, las puertas mudéjares de San Martín y San Esteban, carcomidas por los siglos y abandonadas por los hombres, y el histórico cubo que sirvió de prisión a doña Lambra, cuya romanesca historia narraremos algún día, Dios mediante, a nuestros apreciables lectores.

Pero nada queda ya de aquel altivo baluarte de la bravura castellana, testigo de tantas grandezas y de tantas hazañas, donde se albergaron muchas veces los Cides y los Alfonsos de Castilla, la gran Berenguela y el santo conquistador do Córdoba, Fernando el Católico y el héroe de Cerignola, el duque de Alba y el triunfador en Lepanto, Felipe V y Eugenio de Saboya —gigantescas figuras de la historia patria, guerreros invencibles, héroes casi mitológicos que supieron encadenar la victoria cargada de laureles a los pies de la indomable España—; nada queda ya tampoco de aquellas espléndidas mansiones, «artesonadas é labradas como cosa de maravilla, ca non parescen fechas por manos de omes mortales», según el juicio de un historiador antiguo, donde lloraron su libertad perdida el rey de Navarra, don García el Trémulo, el infortunado príncipe de don Jaime de Nápoles, el revoltoso conde don Fadrique de Benavente, el desgraciado ministro de don Juan II, don Álvaro de Luna, los bravos comuneros don Juan de Mendoza y don Juan de Figueroa; nada, en fin, de aquellas sombrías estancias donde Alfonso X, el Sabio, hacía morir al infante don Enrique; Sancho IV, el Bravo, mandaba asesinar al príncipe don Juan y a don Felipe de Castro; Pedro I, el Cruel, hacía dar muerte a los infelices señores Garcilaso de la Vega, Juan Fernández de Tovar y demás ilustres compañeros de desgracia.

¡Todo ha desaparecido! ¡Como si las tradiciones y los recuerdos de gloria que poetizan el suelo de nuestra patria pesasen cual padrones de ignominia sobre las frentes de los españoles de nuestros días!

XIX

La muchedumbre alborotada subía jadeante por las tortuosas veredas que conducían a la portada principal del alcázar.

Y repetían las gentes iracundas:

—¡Viva el conde de Fuensierra!

—¡Muera el condestable!

Pero el conde de Fuensierra estaba ya encerrado en un oscuro aposento de la fortaleza, y el condestable de Castilla al frente de algunos cientos de mosqueteros y arcabuceros imperiales, escondido detrás de las segundas empalizadas del castillo, esperaba tranquilo la llegada de las masas insurrectas.

Y poco después los soldados de don Íñigo aplicaban las mechas encendidas a las bombardas y culebrinas milanesas, que con metralla y gruesas pelotas sembraron el espanto y la muerte en las compactas filas del pueblo alborotado.

XX

Mientras tanto, por veredas ocultas se había ya acercado a las murallas del regio alcázar el favorito de don Íñigo.

Abrió uno de los postigos secretos que aún existen empotrados en los gruesos muros, entró, volvió a cerrar, y subió a toda prisa por una escalera circular y lóbrega hasta llegar a la puerta del calabozo donde gemía el infeliz anciano don Rodrigo de Ossorio.

Allí se detuvo, pasóse la mano por la frente como si quisiera desechar algún pensamiento de clemencia, y murmuró con voz imperceptible, pero llena de ira:

—¡Oh!... Es poco la muerte para ese, hombre, poco... Aunque sea a costa de mi vida, yo me vengaré de una manera terrible!...

Y embozándose hasta las cejas, abrió la puerta, empujóla, se acercó en silencio a don Rodrigo, rompió las ligaduras que oprimían las manos del anciano, y le dijo misteriosamente, procurando cambiar el acento:

—¡Seguidme!

XXI

No estará de más suspender aquí durante algunos momentos la verídica narración que nos ocupa, a fin de bosquejar a grandes rasgos la parte principal que tuvo la ciudad de Burgos en el levantamiento y guerra de las Comunidades de Castilla, señalando de paso el importante papel que representaron en tan sangriento drama los personajes de esta historia.

Ya cuando llegaron a Castilla los nuevos monarcas doña Juana y don Felipe (el Hermoso), herederos del reino por fallecimiento de la gran reina doña Isabel la Católica, Valladolid y Burgos, las dos primeras ciudades, ofrecieron señales de profundo descontento, y aun de amenaza.

«Porque el rey don Felipe —dice la Crónica de Lorenzo de Padilla, autor contemporáneo—, luego que entró en Valladolid, para se más apoderar del reino, quitó las tenencias y empleos a los Fieles servidores españoles, y los reemplazó con sus parciales, la mayor parte flamencos.»

Mas el descontento y la amenaza se trocaron bien pronto en lástima y pena.

Un día, el señor rey don Felipe, que habitaba en Burgos hacía algunos más, «se subió a comer a la fortaleza que tenía don Joan Manuel, y después de haber comido jugó a la pelota con don Joan de Castilla y otros caballeros, y acabado el juego se sintió mal dispuesto y se bajó a palacio; y esa noche tuvo una recia calentura, la cual le fue siempre tanto cresciendo que murió al seteno día, que fue viernes a 25 del mes de septiembre(1506), en lo mejor de su juventud, de edad de veinte y nueve años...».

El doctor Parra, que asistió a don Felipe en su maligna enfermedad, escribió así al rey viudo don Fernando el Católico:

«Había jugado muy reciamente a la pelota en lugar frío dos o tres horas antes que enfermase y dejóse resfriar sin cubrirse.»

Gran mudanza ofrecían las cosas del reino si la muerte no hubiese arrebatado prematuramente al marido de doña Juana, y tal vez se habría anticipado catorce años el incendio de las Comunidades; porque en la misma ciudad de Burgos el rey don Felipe había mandado formar proceso contra el duque de Alba; dispuso que al almirante de Castilla se le quitasen, como en rehenes de su fidelidad, algunas importantes plazas; separó los antiguos consejeros privados de la corona, y continuó prodigando a manos llenas cuantiosas rentas y mercedes a los caballeros flamencos, con notorio desdén y grave daño de los caballeros españoles.

Pero el 19 de diciembre del mismo año 1506, ordenó la reina viuda doña Juana que la corte pasara a la villa de Torquemada y luego a Valladolid, de paso para Granada, a fin de trasladar a aquella famosa ciudad el cuerpo del rey su marido; y horas antes de emprender la marcha hizo llamar a don Juan López de Lazárraga, su secretario, y dictóle una provisión en que revocaba todas las mercedes que el rey había hecho desde la muerte de doña Isabel I, y mandaba que quedaran en el consejo los que lo eran en vida de los Reyes Católicos.

Con esto, que fue inspirado por los procuradores a Cortes, y con la concordia de los grandes del reino, hecha el 1.º de octubre, para no alterar las cosas políticas en todo el año, ni hacer levas de gente armada, ni causar agravios a los pueblos, se conjuraron por el pronto los grandes males que amenazaban a Castilla después de la muerte de don Felipe el Hermoso, cuando la reina doña Juana no podía encargarse; por el estado de su ánimo, de la gobernación del reino, y su hijo, el archiduque Carlos, nacido en Gante el 24 de febrero del año 1500, aún no contaba seis años de edad.

XXII

Andando el tiempo llegó el año 1520, que forma época en los anales de Castilla.

A mediados de febrero entró en Burgos el joven rey don Carlos I para recibir a los embajadores del rey de Francia, quien ya empezaba a provocar la cólera del futuro César con inauditas exigencias, y para celebrar Cortes del reino.

Hízose lo primero, pues el francés Mr. de Lausauch requirió, en nombre de su rey, al monarca castellano para que pactase matrimonio con la hija de Francisco I (niña que apenas tenía un año de edad), y para que fuera restablecida la familia de Fox y Labrit en el trono de Navarra, destruido por el duque de Alba, según orden de don Fernando el Católico y con ayuda de los navarros beamonteses que capitaneaba el anciano conde de Lerín; a cuyas peticiones, un tanto soberbias y descorteses, respondió el prudente Carlos con gran mesura: «en términos (dice un escritor contemporáneo), que no fuese rompido (sic) por entonces el estado de la paz, ni cediera nada de lo que exigían los pedidos».

¡Ojalá hubiera empleado igual prudencia y mesura al tratar de los asuntos del interior del reino!

Por desgracia no fue así en aquella sazón, pues aunque ya habían reventado en diferentes puntos los primeros chispazos de la cruel guerra de las Comunidades, el rey y los favoritos que mal le aconsejaban despreciaron aquel justo clamor de los pueblos.

Era Burgos la cabeza de Castilla, la, primera ciudad que hablaba en Cortes, la que había autorizado siempre, desde el siglo XI, la coronación de los reyes castellanos, que se verificaba con solemne pompa en la nave mayor de la iglesia catedral, o ante el altar privilegiado del real Monasterio de las Huelgas, que era además en aquellos tiempos el panteón de las reales personas.

Y como el rey don Carlos, o quizá su camarilla flamenca, notó algunos síntomas de descontento en la actitud de los patriotas burgaleses, convocó las Cortes en Valladolid, y salió de Burgos en la tarde del 23 de febrero, víspera de su cumpleaños, negociando antes de su partida que la noble ciudad enviase por procurador al señor don Garci Ruiz de la Mota, hermano del obispo del mismo apellido, uno de los privados del joven príncipe.

Quejáronse los burgaleses del desaire, y añadida esta ofensa a ofensas anteriores, el despecho fue mal consejero, y pronto se dio el grito de rebelión.

XXIII

He aquí cómo pasaron los sucesos, y perdónesenos esta digresión un poco larga, siquiera porque ningún escritor moderno se ha ocupado, que nosotros sepamos, de hacer igual interesante reseña con exactitud histórica.

Era el 2 de marzo de 1520, el mismo día en que el rey don Carlos llegaba a la ciudad de Valladolid.

Se hallaban reunidos en la iglesia mayor los regidores, homes-buenos, vecinos e hijodalgos, para hacer las elecciones ordinarias de sus respectivas parroquias, cuando una muchedumbre de gentes del pueblo, armada con palos, hoces y picas, penetró en las salas capitulares donde la reunión se celebraba, y con fiero ademán impuso a ésta la orden de suspender todo acuerdo y disolverse en el acto, hasta que se recibieran las cartas pedidas a las ciudades castellanas de Toledo, Segovia, Ávila, Salamanca, Palencia y Zamora.

Triunfó el pueblo; la reunión se disolvió en el momento, y aun no pocos de los congregados, si bien pertenecían a la nobleza y al clero de Burgos, aclamaron con entusiasmo a los populares.

Desde aquel día puede decirse que fue planteada en la antigua CAPUT CASTELLAE la causa de las Comunidades, aunque las cartas pedidas no llegaron hasta los últimos de mayo.

Volvieron a reunirse el 1.º de junio en las mismas salas capitulares de la iglesia catedral los buenos vecinos de Burgos, y leyéronse las contestaciones de Toledo, Valladolid, Segovia y Zamora, pues las de Ávila, Salamanca y Palencia no habían llegado todavía; y aceptando el pueblo la bandera enarbolada por don Juan de Padilla, declaróse inmediatamente por la Comunidad, y expulsó de las salas capitulares a varios nobles y clérigos que permanecieron fieles a la causa real.

Y allí mismo fueron elegidos por caudillos los célebres Bernal de la Rija y Antón Cuchillero, honrados menestrales, pero antiguos soldados de Granada, y por ende valientes hasta la temeridad.

Más como desde los principios del popular movimiento se trató de buscar partidarios en las clases elevadas, principalmente entre la nobleza, aquellos nombraron capitanes a los hermanos don Rodrigo de Ossorio, conde de Fuensierra, y don Diego de Ossorio, señor de Abarca.

Éste no aceptó, pretextando que debía regresar a Córdoba, en cuya ciudad ejercía el cargo de corregidor; pero su hermano don Rodrigo, el héroe de nuestra crónica, desenvainó su vieja espada de Granada y Orán, y se puso a la cabeza de los comuneros burgaleses.

XXIV

Y aquí debemos consignar un episodio, que demuestra con cuánta facilidad se logra en ocasiones poner freno a los arrebatos impetuosos de las masas, dominar a éstas por completo y convertir a los hombres que parecen más feroces en vivo ejemplo de obediencia y mansedumbre.

La cuestión se redujo sencillamente a una frase oportuna.

Los comuneros quisieron tomar venganza del desaire que les hiciera el señor de Abarca, y hubieran puesto fuego a su casa, a no defenderla con buenas razones el bravo procurador a Cortes don Pedro de Cartagena, señor de Olmillos, que desafió la saña de los irritados populares.

Mas éstos dejaron en paz la casa, y tomaron alborotados el camino de la Cartuja de Miraflores, en cuyas cercanías poseía el de Abarca un magnífico soto, con el siniestro propósito de incendiar las arboledas.

Súpolo el deán de la iglesia catedral, señor don Pedro Suárez de Velasco, hijo del famoso condestable y persona muy querida por su ciencia y virtudes, y saliéndoles al encuentro, por un atajo que le mostró cierto joven hijo de Bernal de la Rija, monaguillo de la iglesia, les preguntó con sencilla frase:

—Muchachos, ¿adónde vais tan aprisa?

—Para serviros, señor deán —respondióle con no poco comedimiento el jefe de la turba, Antón Cuchillero—. Pues vamos... a quemar el soto de ese bribón de Abarca, que no quiere ser nuestro capitán, y anoche se ha escapado a Córdoba.

—¡Jesús bendito! —exclamó el deán—; ¿a quemar habéis dicho, maese Antón?

—¡Cabalito!

—Pero, hombre de Dios, ¿estáis en vuestro juicio? ¿Conque a mediados de junio, con un calor que nos derrite los sesos y un aire que nos sofoca, queréis nada menos que incendiar el soto de la Cartuja?

—¿Y por qué nos desprecia ese hidalgo? —preguntaron algunos.

—Eso es harina de otro costal, y no sabré yo responderos —dijo el sacerdote—; pero, creedme, hijos míos, no queméis el soto hasta noviembre o diciembre, cuando haga mucho frío, cuando está helado el Arlanzón y tengan caperuzas de nieve las torres de la catedral y del alcázar... ¿A quién se le ocurre quemarlo ahora?

Por unos momentos permanecieron mudos los alborotadores populares, y mirándose unos a otros, como si se interrogaran mutuamente; y de pronto soltó franca y ruidosa carcajada el fiero Antón Cuchillero, y otra enseguida el terrible Bernal de la Rija, y muchas más, haciendo estrepitoso coro, los que rodeaban al buen sacerdote.

—Ea, muchachos —dijo éste a la sazón—; volvamos a Burgos cuanto antes, que hace aquí más calor que el infierno, y yo os prometo que refrescaremos en mi bodega con lo tinto de la Rioja...

—¡Viva el señor Deán! —gritaron a una, mansos ya como corderos, los poco antes furiosos populares, y velis nolis, el digno clérigo fue elevado en el aire por robustos brazos hasta los hombros de Antón Cuchillero y Bernal de la Rija, y todos reunidos emprendieron el camino de la ciudad, sin volver a acordarse para nada del señor de Abarca y de su soto de la Cartuja.

Este hecho es histórico en el fondo, no pura invención nuestra, y consta en varios anales contemporáneos.

XXV

Sin embargo, los comuneros burgaleses se entregaron a excesos bien deplorables, y no hallaron en otras partes un Pedro Suárez de Velasco que se opusiese a sus depravadas demasías.

En la madrugada del 7 de junio cayeron sobre el palacio de doña María de Tobar, marquesa de Berlanga (era mujer del duque de Frías, condestable de Castilla), la cual se mostraba en público adversaria enconada del movimiento, y disparando contra él una culebrina gruesa, rindieron a sus defensores, lo entraron a saco y obligaron a aquella señora a escapar disfrazada de aldeana;

arremetieron luego contra la casa del procurador a Cortes don Garci Ruiz de la Mota, que también desaprobaba el movimiento, la saquearon y la incendiaron, y formando en la Plaza Mayor una enorme pira con las alhajas, muebles, tapicerías y cofres que habían sacado, «la prendieron fuego con infernal algazara (dice un cronista), y quedaron allí consumidos más de tres cuentos de maravedises de oro»; enseguida se dirigieron a la morada del aposentador real don García Jofre, aragonés, a quien tenían por grande enemigo, y hallándole en ella, le mataron y arrojaron su cadáver a la calle pública, para que fuese escarnecido por el feroz populacho...

Así, una causa justa y legítima fue manchada con crímenes horribles, lo mismo en Burgos que en otras ciudades de Castilla.

¡Tan cierto es que el pueblo se olvida casi siempre, en las grandes conmociones, de toda idea de rectitud y de justicia!

XXVI

Tampoco salió muy bien librado el mismo condestable de Castilla.

Hallábase en Villalpando, cuando recibió un mensaje del cardenal Adriano, regente del reino por ausencia de Carlos I, para que pasase a Burgos con toda diligencia a fin de restablecer el orden en aquella alborotada ciudad.

Hízolo al punto, y aunque entró con talante de buen amigo, metió en su casa cuatrocientas lanzas y doscientos jinetes, a guisa de encubierta amenaza.

Pero los comuneros no se desanimaron.

Al contrario, como la Junta popular, tuviera a sus órdenes más de ocho mil hombres armados, se creyó bastante fuerte para citar ante ella al mismo condestable, y mandarle que redujese las lanzas a veinte y los jinetes a cuatro, con los cuales, y con la palabra de honor de la Junta, tenía bastante el desconfiado magnate para defensa propia.

Resistióse el condestable, si bien aparentando acatar las órdenes de la Junta, y los comuneros, que no admitían, según parece, dilaciones ni entorpecimientos, cercaron nuevamente el palacio cuando dentro estaban los duques, los condes de Salinas, el señor de Sarmiento y otros nobles burgaleses.

Esto era el 6 de septiembre, y dos días después, en la festividad de la Virgen, dispuso el condestable asistir a misa mayor y cabildo en la iglesia catedral, «aunque tuviera que pasar por encima de los insurrectos».

A las nueve de la mañana del 8 abriéronse las puertas del sitiado palacio, y se lanzó a la plaza un escuadrón de bizarros jinetes, flanqueado por quinientos hombres de armas, en medio de los cuales se ostentaba la arrogante figura de don Íñigo, montado en brioso caballo y empuñando la vara de los virreyes, en vez de espada de combate.

Retrocedieron las masas, tal vez asombradas de tanta audacia, y llegó sin novedad la comitiva hasta la calle de la Paloma.

Allí empezaron los gritos y las carreras, y mientras unos voceaban como energúmenos, otros intentaron introducir el desorden en el cerrado escuadrón, para acercarse fácilmente al caballero.

Un furioso comunero, llamado Escalante, apareció entonces por los arcos de la Aduana, y en viendo al condestable, gritó con voz de trueno:

—¡Mueran los traidores!

Y montando una ballesta que traía a la espalda, le apuntó para tirarle.

Pero cerca de él estaba el famoso Bernal de la Rija, quien pegándole en el brazo una recia sacudida apartó providencialmente la saeta, que fue a clavarse en el pecho de un desdichado alcabalero.

Otro insurrecto, nombrado Collantes, encaró también su ballesta contra el condestable, y siempre Bernal de la Rija tuvo el acierto de desviar el arma homicida.

Por fin llegó don Íñigo a la catedral después de mil apuros, cuyo sagrado asilo no se atrevieron a profanar los comuneros burgaleses, y exponiendo al cabildo y al ayuntamiento, allí reunidos para otros asuntos, los graves peligros que les rodeaban, resignó por entonces el mando que ejercía en Castilla, disfrazóse de aldeano y salió por en medio de las turbas, sin que nadie le conociera, para refugiarse en sus estados de Bribiesca.

Justo es decir que, olvidando las ofensas, exhortó desde allí a los burgaleses para que depusieran las armas, sometiéndose a la clemencia del rey; y tal vez no habría ejercido en adelante ningún acto sangriento contra los insurrectos si una instrucción que le dirigió el monarca, fechada en Bruselas, no lo hubiese obligado a reprimir enérgicamente el alzamiento.

Y justo igualmente será decir que en la ejecución de sus planes tuvo por auxiliar muy diligente y servidor muy humilde al doctor Zumel, que había sido procurador a Cortes por Burgos en las celebradas cuatro años antes en Valladolid, y se distinguió por su aspereza e intransigencia.

Él también, como Girón, como Lasso de laVega y como tantos otros, volvió la espalda a los comuneros cuando vio a estos de capa caída, según suele decirse, y se esforzó en hacer méritos persiguiendo a sus antiguos amigos para granjearse la estimación y las mercedes del rey don Carlos I.

Con lo cual se demuestra que hacia el primer tercio del siglo XVI estaban ya en uso en Castilla esas conversiones y evoluciones políticas de conveniencia y medro, que tanto se usan en los bienaventurados tiempos que ahora corren.

XXVII

Por lo demás, corrieron los meses, y la suerte de los comuneros burgaleses fue tan desdichada como la de los demás comuneros castellanos.

Pedro de Cartagena, el amigo querido de Padilla, el que más se esforzó por hacer salir de su encierro de Tordesillas a la infortunada reina doña Juana la Loca, a fin de que autorizara con su nombre la bandera de las Comunidades, huyó a tierra extranjera para librarse de la saña de los imperiales; Juan de Mendoza, el prometido de Elena de Ossorio, se batió en Villalar como un héroe, cayó prisionero y fue decapitado en Palencia; Antón Cuchillero y Bernal de la Rija perecieron en las calles de Burgos cuando el condestable ametralló la ciudad para sujetarla; Collantes fue asesinado por sus mismos secuaces, que lo acusaron de traidor; Escalante, el que mató al infeliz alcabalero con la saeta que preparaba para el condestable, cayó en poder de los jinetes imperiales cuando huía hacia la sierra de Oca, y fue colgado en las almenas del castillo de Bribiesca.

Burgos condenó a los comuneros, que ningún bien procuraron a la ciudad, y sí muchos días de trastornos y crueles escenas de rapiña y de venganza; pero al abrazar con fervor, desde los primeros momentos, la causa de los populares, demostró a Castilla que era digna del ilustre título de CAPUT REGNI con que la habían galardonado los monarcas anteriores a don Juan II, por su constancia en defender los sabios fueros y las privilegiadas franquicias del pueblo.

XXVIII

Reanudemos ahora nuestra interrumpida verídica narración.

—¡Seguidme! —dijo a don Rodrigo de Ossorio el caballero encubierto, delante del cual se abrían como por arte de encantamiento los candados de los grillos y los cerrojos de las puertas.

Y el noble conde de Fuensierra, que acaso temía alguna indigna asechanza, o bien porque le repugnaba la fuga no creyéndose culpable, vaciló al escuchar aquella breve palabra, dicha con imperioso acento.

—Decid antes, caballero, quién sois —murmuró.

—¿Qué os importa? Soy para vos la libertad, porque rompo las cadenas que os ataban y abro las puertas de la prisión en que yacíais. No preguntéis más.

—Perdonad, señor; pero no dará un paso.

—¿Sabéis que mañana llegará el condestable?

—¡Por mi desgracia!

—Cabal, porque su llegada será la señal de vuestro suplicio. Adelante, conde de Fuensierra, que yo os devuelvo la libertad y la vida. ¿No lo estáis viendo?

Y sin embargo de estas consoladoras palabras don Rodrigo no se movía, porque en el acento de aquel hombre que ocultaba su rostro vibraba una especie de eco sarcástico que producía frío en el corazón y llenaba de desaliento el alma.

—¡Ah, señor! —dijo con balbuciente labio el anciano conde—; yo os ruego, por piedad, que no os burléis de mí.. ¡Os lo ruego!

—Callad señor conde, callad y seguidme. ¿Vos no os acordáis de vuestra Elena?

Don Rodrigo se estremeció al oír invocar el nombre de su hija.

—¡Seguidme... por ella! —concluyó el encubierto.

Y el conde de Fuensierra, que pensaba en el dolor de la pobre niña al verse separada de su padre, soñó de repente con una escena de encanto indefinible cuando la abriera los brazos para estrecharla, y pudiera decirla dulcemente al oído:

—Hija mía, vivo, y soy libre. ¡Huyamos de aquí, aunque sea preciso sacudir el polvo de nuestros zapatos, y no volver a pisar la tierra donde reposan tus abuelos!

—Vamos, vamos... —exclamó—; os sigo. Vamos pronto.

¿Por qué el encubierto pudo contener apenas una carcajada horrible? ¿Por qué sus ojos brillaron con fuego siniestro, y sus manos crispadas se retorcieron como si hubieran deseado estrujar el corazón dolorido del anciano?

XXIX

Entretanto, en el palacio de Fuensierra se representaba una escena conmovedora.

Elena, bañada en su sangre, había sido conducida a su blanco aposento, y reclinada sobre aquel mismo lecho que había recogido hasta entonces los enamorados suspiros de la casta doncella.

Beltrán Díaz estaba allí, con la frente contraída, la mirada torva, el puño sobre la larga espada, silencioso y sombrío, cual si estuviera trazando en su mente un plan de venganza y exterminio.

Quizá esperaba recibir de un momento a otro el postrer suspiro, de la niña, y se inclinaba algunas veces hasta tocar sus labios, que apenas dejaban paso a una tenue ráfaga de aliento.

Criados y doncellas habían corrido en busca de médicos afamados.

Y cuando llegó uno de éstos, célebre judío converso que había hecho algunas curas maravillosas, y examinó detenidamente la herida, sonrió con cierto aire desdeñoso, y se tendió tranquilamente en un ancho sitial de vaqueta que estaba colocado a la cabecera del lecho.

—Decid, maese Isaac... —murmuró Beltrán Díaz con ansiedad.

Y el ex-judío, sin manifestar que le había oído, preparó vendaje y ungüento oloroso, comprimió fuertemente la herida después de haber restañado la sangre, y depositó un cordial en un vaso de agua, del que hizo beber a la desmayada Elena.

Frotóla después las sienes y los párpados con otro ungüento más oloroso, y salió enseguida del aposento, diciendo al leal escudero:

—Esperad.

XXX

Pasaron las horas, las campanas tocaron a la queda, los buenos vecinos de Burgos dormían ya reposadamente, y solo se oía en la populosa ciudad el alerta de los vigilantes centinelas del real alcázar.

Era la media noche.

Noche serena y brillante, alumbrada por la Luna y las estrellas, y por esas chispas fugitivas que serpentean a voces en la altura, describiendo estelas luminosas y blanquecinas en la inmensidad del espacio.

Dos encubiertos, el uno delante del otro, atravesaron por sendas apartadas las últimas empalizadas del castillo, cruzaron por detrás de los grandiosos conventos de la Trinidad y la Victoria y aparecieron luego al pie de las murallas, enfrente de la vieja puerta que el vulgo llama todavía Puerta de Margarita.

—Decid, no me engañéis; ¿dónde vamos? —preguntó a su guía el segundo embozado.

—A vuestra casa —contestó el primero con acento lúgubre—; ya os lo he dicho.

—¡Dios mío! ¿Esto es un sueño?

—¡No!... No es un sueño... Seguidme, conde, seguidme, y veréis a vuestra hija...

—¡Hija querida! ¡Cuánto la adoro! Pero, ¿quién sois vos?

—¡Silencio!... Un hombre que se venga.

—¡Ah!... ¡Siempre esa voz misteriosa y triste!... Vos os vengáis y rompéis mis cadenas, vos os vengáis y me devolvéis a mi hija... ¡No lo comprendo!

—Callad, callad —respondió el primer encubierto.

Y ambos caminaron en silencio hasta llegar a las puertas del palacio de Fuensierra.

El tumulto se había calmado y los escuderos del conde custodiaban la entrada.

—¡El conde de Fuensierra! —gritó un arcabucero al reconocer a su amo.

Y él era en efecto.

Una mano desconocida le arrancaba de los brazos de la muerte.

¡Volvía a ver a su hija!

Este solo pensamiento llenaba en aquel instante la inteligencia de don Rodrigo; este solo deseo absorbía por completo su espíritu y halagaba su corazón entrañable.

XXXI

¡Volvía a ver a su hija!

El corazón se le escapaba del pecho como si tuviese pequeño espacio para sus latidos.

—¡Elena! ¡Elena mía! —gritó el anciano con fervorosas voces.

Y nadie respondió.

El otro, encubierto detrás de su embozo, se mofaba con sonrisa diabólica de la ansiedad de aquel padre desventurado.

Subió el conde la escalera, tendió la vista por los oscuros y largos pasadizos, y repitió otra vez con acento de sublime ternura:

—¡Elena! ¡Elena mía!...

Y solo los ecos repitieron sus voces apenadas.

Vaciló el anciano...

—¡Hija mía! ¡Hija de mi alma! —volvió a decir con voz desfallecida.

¡Elena no estaba allí! ¡Elena no oía sus ayes! ¡Elena no corría a abrazar a su padre idolatrado!...

Acercóse a una puerta, levantó resueltamente el tapiz que la encubría y entró en la cámara.

El noble anciano retrocedió espantado.

A la luz de una débil lamparilla abandonada en aquel sitio, reconoció una mancha rojiza, casi humeante, cuyo rastro se perdía detrás de la puerta que comunicaba con las habitaciones de Elena, de su hija querida.

—¡Sangre! ¡Sangre aquí!... —balbuceó temblando don Rodrigo.

Cayó de rodillas en medio de la sala y se puso a mirar atentamente el sangriento surco, como si esperase leer el nombre de la víctima.

El infeliz desmayaba.

Y una mano de hierro cayó entonces sobre sus hombros.

Abrió los ojos desmesuradamente don Rodrigo, y se encontró cara a cara con su incógnito guía.

—¡Cielos! ¡Vos! ¿Quién sois? ¡Acabad, por compasión!...

—¡Un hombre que se venga!... —respondió el embozado.

Y arrojando el capuz que tapaba sus facciones, apareció a los ojos del atónito don Rodrigo el odioso semblante de don Diego de Omaña.

¡Todavía aquel hombre! ¡Todavía, aquel verdugo! ¡Todavía aquel réprobo maldito que le propuso infamias en cambio de una muerte gloriosa!

¿Por qué don Rodrigo habría abandonado las prisiones del alcázar? ¿Por qué no ahogó en su corazón los sentimientos de paternal cariño, cuando la voz sarcástica del embozado invocó el puro nombre de Elena para humillar la entereza del anciano padre?

¡Dios mío! ¿Cómo esperar de Omaña la salvación y la vida?

¿Después de la deshonra quizá?

¡Malditos sean los tristes momentos de angustia que desgarraron el corazón del conde de Fuensierra!

—¡Sangre de mi hija! ¡Deshonrada! ¡Muerta!... No pudo más el infeliz don Rodrigo, y cayó inerte sobre el marmóreo pavimento.

XXXII

Pero los criados habían acudido al saber la llegada del conde, aunque en sus rostros reflejaban cierta expresión de terror.

Creían acaso que el conde de Fuensierra no podría resistir a aquel conjunto extraordinario de sucesos fatalmente combinados para lacerar su corazón amante.

Notábase que Beltrán Díaz no estaba entre ellos, ni acudía el leal escudero a socorrer al afligido padre.

Tampoco venían las doncellas de Elena, pero detrás de la puerta que comunicaba con las habitaciones de la pobre niña, observábase la animación de la vida y no la triste quietud de la muerte.

Rodearon los criados al conde, prodigándole cuidados, y presto volvió en sí, abrió los ojos para animar con miradas bondadosas a aquellos fieles servidores.

Pero el surco de sangre lo atraía fatalmente... y, rechazando a sus criados, mirábanlo con extravío.

De pronto vio a Omaña, que allí permanecía embozado.

—¡Miserable! ¡Miserable! —profirió el anciano—. ¿Qué habéis hecho de mi hija? ¿Qué habéis hecho de mi honra?...

—Conde de Fuensierra —contestó el de Omaña—; yo, en nombre del condestable, os devuelvo la libertad y la vida, para abandonaros a la desesperación y a la vergüenza... ¡Esa es la sangre de vuestra hija!...

—¡Elena... muerta!...

—¡Muerta!... Vos tenéis la culpa...

Y el miserable Omaña le volvió la espalda.

XXXIII

Pero en aquel instante mismo, dentro de la cámara vecina, oyóse la voz de Elena, que decía con ecos apagados, pero llenos de ternura y alegría:

¡Padre mío! ¡Padre querido!...

Y un instante después oyóse también el chasquido de la puerta que se abría, y viose aparece la hermosa doncella, tan hermosa como pálida y tan pálida como una blanca azucena, apoyada en sus dueñas, radiante de dicha, temblorosa de amor, ebria de gozo y contento, que repetía de nuevo sonriendo:

—¡Padre mío! ¡Padre querido!...

¡Oh! Don Rodrigo creía soñar... soñaba.

Soñaba, sí, que se rasgaban los cielos, y bajaba Elena vestida de blanco y coronada de rosas, en medio de una nube esplendente de luz y aromas, conducida por los ángeles de la inocencia y del candor virginal, y creía oír a lo lejos una armonía suavísima, una cantiga celeste, conmovedora y sublime, como debe ser el himno sagrado que entonan las vírgenes del cielo para celebrar el triunfo de las vírgenes de la tierra.

Y seguía el anciano de rodillas, en medio del aposento, clavando los ojos en el pálido semblante de Elena, extendiendo hacia ella los brazos, murmurando una palabra de duda y exhalando cien suspiros de esperanza en aquel éxtasis delicioso que embargaba su espíritu.

Pero Elena se desprendió de los brazos de las dueñas que la sostenían, avanzó dos pasos hacia el noble anciano y exclamó otra vez con ternura adorable:

—¡Padre mío! ¡Padre querido!...

Y entonces don Rodrigo se levantó convulso, acercóse a su hija, abrazó su cabeza, besóla muchas veces en la frente, y exclamó, por último, temblando de amor y sollozando de alegría:

¡Hija! ¡Hija mía! ¡Hija de mi alma!...

XXXIV

Mientras tenía lugar en el palacio del conde de Fuensierra el cuadro de felicidad y de ternura que acabamos de bosquejar, no se dormían eternamente los vecinos de Burgos que aún permanecían fieles a la causa de las comunidades, y trataban de libertar a su noble caudillo por todos los medios posibles.

El motín seguía, y si las murallas y torreones del alcázar, cuya defensa estaba encargada a los más bizarros soldados imperiales, con gruesas culebrinas y multitud de mosquetes y arcabuces, lograron detener el empuje violento de las turbas alborotadas, éstas emprendieron al punto otro camino más a propósito para conseguir su objeto: las represalias y la venganza.

Beltrán Díaz era el alma del movimiento, ayudado eficazmente por Antón Cuchillero y Bernal de la Rija.

El leal escudero, al oír la palabra de esperanza que le había dirigido el médico Isaác acerca de la suerte de Elena, conoció que su presencia en el gabinete de la joven herida era por entonces perfectamente inútil, mientras que hacía suma falta a la cabeza de los insurrectos para dirigir con acierto la suprema batalla y salvar al prisionero don Rodrigo.

Llamó, pues, a las doncellas de Elena, y les dijo con voz severa:

—¿Amáis a vuestro amo?

—Señor, mandad —replicó una dueña, en nombre de todas.

—Pues si lo amáis, obedecedme; dos de vosotras permaneced aquí, al cuidado de esta niña, y otras dos en la antecámara, para evitar la llegada de personas extrañas. Cuando vuelva Isaác, el médico judío, observad escrupulosamente sus prescripciones. Sobre todo, ni una palabra acerca de lo ocurrido, y si la señorita pregunta por su padre, decidle que yo me ocupo de romper sus cadenas y abrirle la puerta de la prisión. Guárdeos Dios, y yo os conjuro a que me prestéis obediencia en estos momentos críticos, por lo que más améis en el mundo.

Salió de la cámara Beltrán, no sin dirigir una mirada de ternura a la desmayada doncella, y ciñéndose las armas y envolviendo su cuerpo en un ancho tabardo, bajó precipitadamente al zaguán del palacio.

—¡Ah de casa! —gritó.

Dos arcabuceros se presentaron al punto.

—Vamos pronto... ¿Cuántos hombres hay aquí? —les preguntó.

—Pocos, señor —respondieron.

—Ea, muchachos, con ocho sobran: dos a la puerta, dos en la antecámara y dos a mis órdenes. Los otros dos, que ensillen los mejores caballos que hay en la cuadra, y esperen. ¡Vive Dios, que hemos de salvar al conde, o morir todos como buenos! ¿Oís?

—¡Viva el conde de Fuensierra! —dijeron los leales servidores, dirigiéndose a cumplir las órdenes del diligente escudero.

Y Beltrán Díaz, dispuesto ya todo con previsión acertada para responder en el acto a los sucesos que pudieran ocurrir, en cuatro saltos salió del palacio, se deslizó a lo largo de la muralla, ganó la puerta de Margarita y se dirigió a escape hacia la Plaza Mayor, donde estaban reunidos los insurrectos que habían sido rechazados del alcázar.

Mientras corría como un desesperado, seguido por los dos arcabuceros a sus órdenes, acariciaba con la siniestra mano una daga enorme que llevaba al cinto, y repetía sordamente su terrible juramento:

—¡Que no viva yo mañana, y Dios me niegue su gracia, si antes de la media noche no he vengado este crimen! ¡Juro a Dios que la sangre del villano Omaña caerá pronto sobre la sangre de mi inocente señora!

XXXV

A la sazón era precisamente el momento en que el favorito del condestable, gobernador de la ciudad de Burgos durante la ausencia de su amo, aparecía embozado hasta los ojos ante el conde de Fuensierra, y lo invitaba a salir de las prisiones del alcázar.

Como ya hemos dicho, la noche era clara y serena; brillaban las estrellas sobre el ancho pabellón azul del firmamento, y apenas una suave brisa agitaba blandamente las copas de los árboles que señalaban el curso del sosegado Arlanzón, a lo largo de los altos muros del Sudeste de la ciudad —muros famosos, mandados construir en el siglo X por el conde de Castilla don Diego Porcelos, y que existen aún tan fuertes e imponentes cual si no hubiesen presenciado el trascurso y las vicisitudes de nueve siglos.

Reunidos en la Plaza Mayor, detrás del primer lienzo de la colosal muralla, estaban los destrozados comuneros que habían intentado el asalto del alcázar al mando de Bernal de la Rija y Antón Cuchillero, siendo rechazados con pérdidas dolorosas.

Algunos cadáveres habían quedado en la falda de la montaña, casi a los mismos postigos del lado Norte del castillo, y aún alguno agarrado fuertemente a las estacas de la segunda empalizada; y estos hechos probaban a los escasos defensores de aquella fortaleza, que si los insurrectos se atrevían a repetir el ataque con más fuerzas y nuevos bríos, y bajo la dirección de un jefe valiente y astuto, difícil sería contenerlos en tan denodado empuje.

Indudablemente Beltrán Díaz era el jefe que necesitaban.

¿Quién podía tener más odio a los imperiales, ya que los otros jefes populares le igualaban acaso en valentía?

Él no solamente peleaba por la bandera de los comuneros, que era la bandera de don Juan de Mendoza, el desventurado prometido de Elena, decapitado en Palencia, y la bandera de don Rodrigo de Ossorio, su antiguo capitán en las guerras de Granada y Nápoles.

Peleaba también por el mismo don Rodrigo y por la inocente Elena, por la salvación y la vida del padre y por la libertad y ventura de su hija.

Y peleaba igualmente por satisfacer su venganza, por cumplir su juramento.

Así fue que, al presentarse Beltrán Díaz ante los desalentados comuneros, todos ellos olvidaron su derrota y se aprestaron de nuevo al combate.

—¡Plaza a Beltrán Díaz! —gritaron a su vez Antón Cuchillero y Bernal de la Rija.

—¡Santiago y libertad! —contestó el escudero del conde de Fuensierra desenvainando al punto su daga.

Y como si los insurrectos solo pensasen entonces en vengar su derrota, inflamado su valor con la presencia de Beltrán y aumentado su odio a los imperiales, si esto era posible, con los recuerdos que aquél excitaba, respondieron en roncas voces a los entusiastas gritos de sus caudillos:

—¡Muera el condestable! ¡Mueran los imperiales!

XXXVI

—Hermanos míos —dijo entonces Beltrán, que se halló al punto rodeado de centenares de hombres decididos—, cuando atacábamos el palacio del condestable y sonó la campana de alarma, aunque tuve miedo de presenciar una escena de violencia en la morada de la señorita Elena, corrí con algunos de vosotros al palacio de Fuensierra.¡Llegué tarde! El miserable Omaña, el lugar-teniente de nuestro verdugo, él mismo también verdugo nuestro, había cometido un crimen horrible...

Sordo y prolongado murmullo, semejante al primer rugido del león que se irrita, interrumpió durante largo tiempo al enérgico orador del pueblo insurrecto.

Después continuó:

—¡Oíd! ¡Oíd! ¡Oíd! —clamó con más energía dirigiendo su voz a los cuatro ángulos de la plaza, a la manera de los farautes reales cuando anunciaban al pueblo la coronación de un monarca—. ¡Oíd! ¡Elena, la hija de nuestro capitán, había sido asesinada!

Un grito inmenso, ronco, espantoso, verdaderamente feroz, sucedió a estas palabras.

—¡Maldito sea el asesino!

—¡Muerte al cobarde Omaña!

—No basta: ¡muerte al condestable!

Así prorrumpieron los que estaban más próximos a Beltrán Díaz, mientras la alborotada turba repetía:

—¡Muera! ¡Maldito sea!

Luego prosiguió Beltrán, dirigiendo este enérgico apóstrofe a las masas:

—Soldados de la libertad, ¿queréis salvar de la muerte a nuestro noble caudillo? ¿Queréis vengar la inocente sangre de su hija? ¿Queréis vengar también la sangre del heroico don Juan de Mendoza, nuestro antiguo jefe, ajusticiado en el cadalso de Palencia? Escuchad: es en vano que intentemos tomar al asalto la fortaleza de los reyes, porque en sus fosos y murallas morirían muchos hermanos nuestros y la fortaleza no se rendirá... ¡Marchemos otra vez al palacio del condestable! ¡Sitiémosle! ¡Incendiémosle! ¡Apoderémonos de la mujer y de los hijos del verdugo de Burgos, y digamos entonces al despiadado y orgulloso magnate:

—¡Ojo por ojo! ¡Diente por diente!

La turba que escuchaba esta arenga exhaló un rugido de cólera, y aplaudió enseguida con entusiasmo.

—¡Al palacio del condestable!

—¡Ojo por ojo! ¡Diente por diente!

Clamaron así los enconados populares, aceptando el horrible plan de ataque que propuso Beltrán Díaz, inspirado por la sed de venganza que lo devoraba, y desbandándose todos, cual si el enérgico apóstrofe del escudero hubiera sido la señal de dar principio en el acto al combate, corrieron por la calle de Cantarranas hacia la antigua plaza del Cordón, donde estaba situado, y aún está, como ya hemos dicho anteriormente, el palacio del condestable, gritando con rabia y fiereza:

—¡Ojo por ojo! ¡Diente por diente!

XXXVII

En efecto, la muy magnífica señora doña María de Tobar, marquesa de Berlanga y duquesa de Frías, esposa del condestable y virrey de Castilla el muy alto y poderoso señor don Íñigo Fernández de Velasco, hallábase a la sazón en su palacio de Burgos.

Tres días antes había llegado, en compañía de sus hijos, confiando en que aparecía ya como totalmente extinguido el incendio de las Comunidades, y no acordándose tal vez de que meses antes hubo de escapar a Bribiesca, para librarse del furor del pueblo, encubierta con el modesto traje de las aldeanas de la sierra de Oca.

Además, su marido había encerrado previamente en las anchas cuadras del palacio un ciento de jinetes y dos compañías de arcabuceros, y en el alcázar de los reyes, que tenía por el condestable el señor don Diego de Omaña,

ostentábanse gruesas bombardas venecianas y algunas culebrinas milanesas, traídas recientemente de los castillos de Simancas y Segovia.

Por otra parle, el mismo condestable debía llegar en la mañana del día en
que tenían lugar los acontecimientos que venimos refiriendo, y a la cabeza de
lucida hueste de soldados imperiales.

Pero la magnífica y poderosa señora doña María de Tobar no contaba con
las violencias inauditas del lugarteniente de su marido, y por eso confiaba en
el pueblo de Burgos, que permanecía tranquilo hacía varios meses.

XXXVIII

Al retirarse los amotinados por vez primera en aquella noche infausta, doña
María de Tobar llegó a acordarse quizás de su antipatía y de su disfraz
de aldeana, y mandó a varios caballeros de la guardia que preparasen los
medios de una evasión no sospechada.

Mas Antón Cuchillero y Bernal de la Rija, que también se acordaban de los
sucesos pasados, si bien lanzaron sus huestes hacia el palacio de Fuensierra
y después las llevaron al ataque del castillo, cuando resonaron en el espacio
los primeros tañidos de la campana de alarma, no por eso habían levantado
por completo el cerco del palacio del condestable.

Y he aquí por qué los caballeros de la guardia volvieron ante la señora
duquesa para decirle que la evasión era imposible sin tremenda lucha en las
calles, y de éxito dudoso.

Doña María se golpeó el rostro, y se mesó los cabellos, y maldijo la hora
cn que había regresado a Burgos y la en que su marido había confiado a don
Diego de Omaña la gobernación de la ciudad; poro como la cosa no tenía
remedio, y como la masa principal de los insurrectos, abandonando el ataque
al palacio, corría entonces por las tortuosas veredas del alcázar, serenóse
bien pronto, y hasta pensó en dormir tranquilamente.

La una de la madrugada sería cuando otra vez se inundaron de gente alborotada las calles y plazas contiguas al palacio, y el clamor de la muchedumbre,
y las teas encendidas que crispadas manos agitaban en el aire, y las espadas
y las picas que desnudos brazos blandían ferozmente, demostraron a la con-

fiada dama que el peligro arreciaba, que el cerco iba a estrecharse de nuevo, que el segundo ataque se anunciaba sangriento y desolador.

—¡Muera el condestable! —gritaban también algunos rebeldes.

—¡Ojo por ojo! ¡Diente por diente! —repetían aún casi todos con saña espantosa.

Y estos gritos, y estas amenazas, y estos fatídicos augurios de escenas crueles, hicieron temblar de miedo, por ella y por sus inocentes hijos, a la esposa del condestable de Castilla.

XXXIX

No se desanimó, sin embargo, pasados los primeros momentos de sobresalto.

La historia ha consignado en sus páginas eternas algunos rasgos de la vida de aquella señora, que la presentan como dama de varonil entereza y corazón arrogante, a la par que de sentimientos nobilísimos y piadosos.

Llamó a sus defensores, y les dijo:

—¿Estáis dispuestos a combatir por mis hijos?

—Señora, mandad, y obedeceremos hasta morir.

—Pues bien —replicó la dama —yo también estaré con vosotros hasta morir. ¡A defendernos!

Y haciéndose ceñir una coraza y un yelmo, y empuñando una espada de corte de su marido, se puso al frente de los defensores del palacio.

Antes entró en el salón donde dormían dulcemente sus pequeños hijos, beso los con cuidado para que no se despertaran, y salió en enseguida con los ojos preñados de lágrimas, murmurando:

—¡Señor, sálvanos! ¡Te lo ruego por esos hijos de mis entrañas!

XL

¿Quién ha comparado al pueblo, cuando la pasión le mueve, el odio le anima y el deseo de venganza le excita, con torrente impetuoso que desciende de las montañas y arrasa valles y llanuras, con mar desbordado que rompe diques y ahoga ciudades florecientes, con fuego desolador que amontona escombros calcinados?

Es mucho más terrible todavía.

Llega entonces la hora de sacudir su yugo de todos los días, de acordarse de todos sus sufrimientos y privaciones, de dar rienda suelta a su cólera comprimida, a su saña mal aprisionada, a sus aspiraciones casi nunca satisfechas.

Y empuñando con fuerte mano, crispada sobre desnudo brazo, el cetro de su efímero reinado, que suele ser espada de venganza y tea de devastación, camina con frente erguida y ojos centelleantes y sonrisa diabólica por larga senda de horrores, de sangre y lágrimas.

¡Ay del insensato que se ponga delante!

El le aplastará, como el peñasco que rueda por la falda de la montaña aplasta la endeble choza de los pastores.

Para detenerlo, hacen falta otros peñascos más grandes, que le rompan, al chocar, en mil pedazos.

Y esto era precisamente, como ya hemos dicho, lo que en tal ocasión faltaba en Burgos.

Rugían las turbas delante del palacio del condestable, y amenazaban al soberbio edificio con miradas de odio, en tanto que se preparaban para el ataque.

Unos grupos, armados con ballestas, con hondas, con largas picas, con viejas partesanas, situáronse delante de la puerta principal; otros, con teas encendidas y montones de materias combustibles, se dirigieron hacia las torres laterales; muchos rodeaban una culebrina de que se habían apoderado meses antes en el mismo palacio, y que conservaron oculta en la morada de Antón Cuchillero durante los períodos de calma, bien escasos por desdicha en aquella ciudad desde febrero del año anterior; muchos más, en fin, llenaban el fondo de la plaza y las calles inmediatas, y lanzaban voces descompuestas, y blandían las armas, y agitaban las mechas.

Resonó un silbido agudo y prolongado, y esta fue la señal del ataque.

La confusión fue horrible entonces.

Los que estaban más próximos al palacio, dispararon saetas y piedras contra las ventanas, y troneras y ajimeces de las torrecillas y de las fachadas; los que estaban más lejos, o corrían a ocupar el puesto de los que caían derribados por los certeros tiros de los soldados imperiales, que rechazaban la agresión con serenidad y denuedo, o levantaban a los heridos, guiábanles a través de la muchedumbre hasta lugar seguro, y los curaban y vendaban con solicitud y afecto.

De cuando en cuando se abría el inmenso grupo que rodeaba la culebrina, resonaba fuerte estampido, iluminábase el teatro de la lucha con fugaz relámpago, y una gruesa pelota de hierro rebotaba en la sólida pared de sillería, o penetraba por la puerta o por las ventanas, sembrando la muerte y el exterminio.

Allí estaban los jefes del movimiento.

Beltrán Díaz animaba a las turbas y dirigía el ataque, mientras Antón Cuchillero y Bernal de la Rija combatían en primera fila para dar ejemplo a sus secuaces.

Los defensores del palacio no permanecían, como antes, encerrados en las cuadras y detrás de las puertas; habíanse colocado en los balcones, en las ventanas, en las troneras, en las torrecillas laterales, en todas las partes donde las cuatro fachadas ofrecían un hueco para dar salida al cañón de un arcabuz o a la punta de una saeta; y animados por la heroica duquesa, que les arengaba de continuo con frases entusiastas, rechazaban el asalto cada vez que lo intentaban los sitiadores.

Pero la lucha era desigual: peleaban ciento contra uno, y si las armas de los imperiales causaban estragos en las masas, éstas no mermaban por eso, y volvían al ataque con doble fuerza y ardiente brío.

De pronto resonó esta voz fatídica:

—¡Fuego!

Era que un grupo de insurrectos había amontonado estopas en aceite, leña resinosa y otras materias combustibles en varios puntos del palacio, y habiéndolas incendiado, las llamas se levantaron amenazadoras; y crujía ya la enorme puerta principal, y el humo denso y asfixiante sofocaba a los defensores de las ventanas, torrecillas y troneras.

—¡Abajo la puerta! —exclamó Beltrán Díaz con voz estentórea.

Oyeron el grito imperioso los insurrectos, y algunos más audaces se arrojaron sobre la puerta, blandiendo descomunales hachas y largas partesanas.

En breves momentos cayó aquélla al suelo, rodando las astillas encendidas por encima de los que se atrevieron a franquear la entrada, y al mismo tiempo una ventana de soldados que se hallaban en el zaguán, y que quedaron a pecho descubierto con el incendio y desplome de su única defensa, vendieron caras las vidas disparando a la vez los arcabuces contra la apiñada turba que osaba poner la planta en el interior del palacio.

El estrago fue horrible, y, a guisa de insana venganza, algunos de aquellos infelices soldados fueron arrastrados por una turba cruel y desalmada.

Pero el palacio no se rendía, porque detrás de aquella puerta ya derribada había otra más fuerte que daba acceso a la plaza de armas del edificio, en la cual estaban preparadas dos buenas bombardas, con un ciento de jinetes y no pocos arcabuceros.

Y entretanto el tiempo corría, y dibujábanse ya en el Oriente los primeros destellos de la nueva aurora.

XLI

Súbito resonó otra vez la campana del palacio de Fuensierra...

¿Qué había sucedido?

Oyólo Beltrán Díaz, lanzó un grito de rabia y echó a correr hacia el palacio de su capitán, diciendo a los que estaban más próximos:

—¡Seguidme!

Y entonces Antón Cuchillero y Bernal de la Rija, dando orden de suspender el ataque, siguieron al escudero con algunos de sus parciales, mientras los demás insurrectos, faltos de jefes, y tal vez de fuerzas, abandonaron poco a poco el teatro de la lucha.

Así se salvó la señora doña María de Tobar, esposa del condestable, y sus hijos fueron librados providencialmente de una muerte segura.

¡Ay! El condestable debía entrar en Burgos dos días después del señalado, por haberse detenido en Torquemada, y al saber las tristes ocurrencias de aquella infausta noche, ametralló sin piedad a los rebeldes.

XLII

¿Qué había sucedido en el palacio de Fuensierra?

—¡Hija de mi alma! —exclamaba don Rodrigo estrechando en sus brazos a Elena, que besaba con trasporte las venerables canas de su padre.

Y mientras, don Diego de Omaña, clavado en el mármol de la estancia por el mágico acento de Elena, contemplaba aquel cuadro de felicidad y de ternura vomitando imprecaciones y rugiendo de cólera.

Creía haber muerto a Elena, y la pobre niña, al caer desmayada solo había sufrido una herida no muy grave en sus hombros desnudos.

Entonces quiso huir...

—No os iréis —gritó don Rodrigo—; no os iréis... ¿Oís? El pueblo de Burgos pide vuestra cabeza...

Dos arcabuceros penetraron en la estancia, y adivinando la escena, se colocaron entre Omaña y el conde de Fuensierra.

—¡Plaza a mí —contestó el de Omaña sacando la espada, y adelantándose con intención siniestra hacia el interesante grupo que formaban el padre y la hija.

—¡Ah, malvado! —exclamó el conde Fuensierra, cubriendo a Elena con su cuerpo—; todavía os rebeláis contra el destino, que os arroja implacable hacia el lugar de vuestro crimen para que la expiación sea tremenda. Habéis querido profanar la virtud de mi hija, y mi hija está pura y os desprecia; habéis querido asesinarnos, y henos aquí libres y amenazadores; habéis querido escarnecer al pueblo, y ved que el pueblo se acerca pidiendo vuestra cabeza... No os iréis, que el cielo es justo, y aquí os ha traído para hacer justicia. ¡Entregad esa espada que no desenvainasteis para defender al pueblo!

Entonces fue cuando los dos arcabuceros, que Beltrán Díaz había colocado en la antecámara, se arrojaron sobre don Diego y le desarmaron.

Elena entretanto había cogido el cordón de la campana, y le agitó con fuerza, con toda la fuerza que pudo prestarle el ominoso recuerdo de la escena de violencia de que había sido víctima.

—¡Custodiadle! —dijo don Rodrigo a los arcabuceros, señalando a don Diego.

Omaña comprendió que estaba perdido.

Intentó huir, y siempre le sujetaron los férreos brazos de los servidores del conde.

Llegaban ya los amotinados, se oían voces amenazadoras, resonaban muy cerca los pasos de la muchedumbre...

De pronto se sintió en la cámara como un rugido de león irritado... y la figura amenazadora e imponente de Beltrán Díaz dibujóse en los umbrales de la puerta.

¡Allí estaba Beltrán Díaz, sediento de toda la sangre del favorito, que se aparecía de repente como el ángel vengador de la inocencia!

—¡Dadle una espada! —dijo a los arcabuceros.

Contemplólo un instante el leal criado, midióle de pies a cabeza con una mirada centelleante y rápida, desenvainó la daga que llevaba en su cintura y se arrojó sobre él con la impetuosidad del águila que se desploma desde la cumbre del espacio para agarrar su presa.

—¡Asesino!... ¡Dos veces asesino!... ¡Tres veces asesino!... —dijo frenético—. ¡Defendeos! Defendeos, miserable, u os mato como a un perro... ¡Vos asesinasteis a don Juan de Mendoza, y habéis querido asesinar a Elena y a su padre!... ¡Defendeos!...

Y levantando la daga, cruzóla con la de Omaña en el aire.

Y a los pocos instantes de lucha, el implacable Beltrán Díaz clavaba tres veces su acero en el pecho del favorito de don Íñigo.

La sangre del verdugo se mezclaba con la sangre de la víctima.

—¡Justo es Dios! —exclamó Beltrán contemplando el cadáver inerte del malvado Omaña.

Aquella misma noche huyeron a las fronteras de Francia todos los habitantes del palacio de Fuensierra.

El pueblo arrastró por las calles el cadáver de don Diego de Omaña; pero el pueblo, ametrallado otra vez por el condestable de Castilla, perdió sus fueros para siempre.

En esta última lucha perecieron heroicamente, como ya hemos dicho en otra parte, los dos caudillos populares Antón Cuchillero y Bernal de la Rija, que no quisieron huir a Francia con los habitantes del palacio de Fuensierra.

Conclusión

En la mañana del 23 de marzo de 1525, hallándose en Madrid el muy alto y magnífico señor rey emperador de España y Alemania don Carlos de Austria y de Castilla, presentóse a las puertas del palacio, demandando una audiencia regia, cierto caballero castellano, de altivo continente y tostadas facciones, que se decía embajador extraordinario del bravo general don Fernando Dávalos, marqués de Pescara y jefe supremo del ejército español en Italia desde la muerte del celebérrimo Próspero Colonna.

Aquel caballero entregó al emperador un pliego que contenía la noticia de la victoria de Pavía y prisión de Francisco I, rey de Francia.

—¿Quién sois vos? —preguntó don Carlos al hidalgo castellano.

—Don Juan de Peñalosa, capitán de las armas imperiales en los tercios de Italia.

—A vos, caballero, Portador de tan faustas nuevas, deseo concederos una gracia en memoria de este día.

—Gracias, señor —contestó el capitán Peñalosa doblando la rodilla—; yo os suplico que me concedáis perdón y olvido para el padre de mi esposa, soldado en Granada y Orán, en Garellano y Pavía.

—¡Concedido! ¿Su nombre?...

—¡Don Rodrigo de Ossorio, conde de Fuensierra!...

En efecto: Elena había dado su blanca mano al bravo capitán don Juan de Peñalosa, y este noble caballero invitó a don Rodrigo a que ofreciese su espada y experiencia al invicto marqués de Pescara para encontrar el perdón y el olvido en el ánimo del monarca.

Carlos I mantuvo leal su palabra, y el anciano comunero, sus hijos y Beltrán Díaz ocuparon otra vez el palacio de Fuensierra, en la ciudad, de Burgos.

Todavía en 1860 se levantaba erguida la portada principal de este viejo edificio, y sobre el ángulo superior de la bóveda podía verse una gran lápida de mármol blanco, que mostraba la cruz de sangre, ennegrecida por el tiempo, trazada por Beltrán Díaz cuando juró vengarse delmiserable Omaña.

En otra lápida inmediata aparecían las armas del conde, y debajo esta generosa leyenda:

¡SANTIAGO Y LIBERTAD!

Fin

Libros a la carta

A la carta es un servicio especializado para
empresas,
librerías,
bibliotecas,
editoriales
y centros de enseñanza;
y permite confeccionar libros que, por su formato y concepción, sirven a los propósitos más específicos de estas instituciones.

Las empresas nos encargan ediciones personalizadas para marketing editorial o para regalos institucionales. Y los interesados solicitan, a título personal, ediciones antiguas, o no disponibles en el mercado; y las acompañan con notas y comentarios críticos.

Las ediciones tienen como apoyo un libro de estilo con todo tipo de referencias sobre los criterios de tratamiento tipográfico aplicados a nuestros libros que puede ser consultado en Linkgua-ediciones.com.

Linkgua edita por encargo diferentes versiones de una misma obra con distintos tratamientos ortotipográficos (actualizaciones de carácter divulgativo de un clásico, o versiones estrictamente fieles a la edición original de referencia).

Este servicio de ediciones a la carta le permitirá, si usted se dedica a la enseñanza, tener una forma de hacer pública su interpretación de un texto y, sobre una versión digitalizada «base», usted podrá introducir interpretaciones del texto fuente. Es un tópico que los profesores denuncien en clase los desmanes de una edición, o vayan comentando errores de interpretación de un texto y esta es una solución útil a esa necesidad del mundo académico.

Asimismo publicamos de manera sistemática, en un mismo catálogo, tesis doctorales y actas de congresos académicos, que son distribuidas a través de nuestra Web.

El servicio de «libros a la carta» funciona de dos formas.

1. Tenemos un fondo de libros digitalizados que usted puede personalizar en tiradas de al menos cinco ejemplares. Estas personalizaciones pueden ser de todo tipo: añadir notas de clase para uso de un grupo de estudiantes,

introducir logos corporativos para uso con fines de marketing empresarial, etc. etc.

2. Buscamos libros descatalogados de otras editoriales y los reeditamos en tiradas cortas a petición de un cliente.